Geschichten aus meiner Dienstzeit

Der Autor im Januar 1960

Wolf Haßel

GESCHICHTEN AUS MEINER DIENSTZEIT

Copyright: 2009 Wolf Haßel
Herstellung und Verlag:
Books on Demand GmbH
Norderstedt

ISBN 978-3-8370-9508-1

2. Verbesserte Auflage

Bibliografische Information der Deutschen
Nationalbibliothek.
Die Deutsche Nationalbibliothek verzeichnet diese
Publikation in der Deutschen Nationalbibliografie;
detaillierte bibliografische Daten sind im Internet
unter http://dnb.d-nb.de abrufbar.

Vorwort

Bei dem vorliegenden Büchlein handelt es sich um eine exemplarische Auflistung von Vorkommnissen in einer langen Laufbahn. Über die kleinen Ereignisse beim BUND gibt es nur wenige Berichte. Die Bundeswehr hat sich in ihren nunmehr 54 Jahren des Bestehens deutlich geändert.

Alle Armeen dieser Welt haben so ihre Eigenheiten und die verändern sich kaum merklich für den, der im Dienst steht. Die Geschichten sollen die alten Soldaten an ihre Dienstzeit erinnern und den Jungen zeigen, wie es damals war. Mir geht es auch darum, Schattierungen im soldatischen Verhalten zwischen damals und heute nicht in Vergessenheit geraten zu lassen. Die Namen der beteiligten Personen wurden geändert, denn niemandem soll weh getan werden. Die geschilderten Ereignisse habe ich aus dem Gedächtnis geschrieben und sie haben sich so oder ähnlich zugetragen.

Ich widme dieses Buch meinen Söhnen und gebe der Hoffnung Ausdruck, dass ihnen klar wird, dass überall der ganze Kerl gefordert ist, egal ob als Soldat oder Zivilist, heute, gestern oder in Zukunft.

Wolf Haßel

Die Jeans
- Die Tochter des Oberfeldwebels

Er war das, was man ein Rübenschwein nannte. Er kannte keine Rücksichtnahme und er war das Zentrum des Universums, zumindest für ihn selber. Nennen wir ihn Wuppenklöthen, denn das ist ein Name, der zu ihm gepasst hätte. „Wupp", wie wir ihn nannten, war 1,89 cm groß, ca. 90 Kg schwer und der Sohn eines Polizeioffiziers aus Niedersachsen. Er war zwar nicht der perfekte Kamerad, aber Wupp war in der 6. Gruppe in der Grundausbildung bei den Grenadieren ein Mann, an dem niemand vorbei kam. Den Mangel an Kameradschaftlichkeit glich er durch den Einsatz seiner Stärke und schlicht durch Erpressung aus. Ihn zu ignorieren war schwer. Mangelnde Kameradschaft der Anderen ihm gegenüber fand er nicht witzig und er tat alles, dass man ihn nicht übersah. Sein von Zeit zu Zeit auftretendes Fehl an Ausrüstung deckte er schon einmal beim Nachbarn auf der Stube, indem er behauptete, der betreffende Gegenstand wäre der Seine und wer hätte den Mut gehabt, ihm zu widersprechen? Doch er überzog das Ganze nicht, war ein guter Unterhalter und man kann sagen, er war insgesamt integriert. In der Enge einer 8-Mann-Stube hilft man sich untereinander und leiht sich auch schon einmal etwas aus. Man konnte sich auch schlecht weigern, denn jedem war bekannt, was der Andere besaß. Dieses nicht zur Verfügung zu stellen hätte geheißen, dass man unkameradschaftlich wäre. Dem wollte sich niemand aussetzen. Das Gebäude, in dem die 6. Gruppe untergebracht war, stand am Kasernenzaun mit Blick der Stube auf ein ziviles Gebäude gegenüber der Straße, in dem die verheirateten Soldaten Wohnung genommen hatten. Die Entfernung betrug ca. 80m und die Büsche vor dem Zaun bzw. vor den Blöcken der Wohnungen waren nicht hochgewachsen. So hatte man freies Blickfeld. Genau gegenüber dem 2. Stock und der Stube in der Wupp mit den anderen Soldaten hauste, wohnte ein älterer Oberfeldwebel und der hatte eine hübsche, 16-jährige Tochter. Morgens und abends konnte man sie am Fenster stehen sehen. Alle sahen sie, nur Wupp begann mit ihr zu flirten. Dabei drängte Wupp auf ein Treffen. Nach längerem Zieren der jungen Dame, verabredeten sie sich für den nächsten Abend um 20 Uhr. Jetzt stellte sich die Frage des Anzuges. Wie gesagt, war Wupp ein Rübenschwein. Nie hatte er saubere Hemden oder Hosen, also musste die Stubenkameradschaft aushelfen. Ein Hemd war noch vorhanden, aber er brauchte eine Jeans. Der einzige, der so etwas fast neu im Spind hatte war Bärkenstratter. Allen war das bekannt, aber er war nur 1,70m groß. Wupp war das egal. „Hochwasser" war nicht zwingend unmodern, also lieh er sich die Hose, auch gegen den massiven Widerstand von Bärkenstratter.

Alle waren hoch erstaunt, als er diese Jeans am nächsten Morgen sauber zusammengelegt zurück gab. Sollten ihm alle bisher Unrecht getan haben? War Wupp gar nicht so, wie bisher eingeschätzt? Die Fragen blieben zunächst offen.

Im Laufe der folgenden Woche machte sich ein undefinierbarer Geruch auf der Stube bemerkbar. Alles Putzen und Lüften half nichts, der Geruch wurde eher stärker, denn dass er geringer wurde. Die Lösung des Problems kam am Freitag. Da jeden Samstag ein strenger Stuben- und Spindappell durchgeführt wurde, musste die Quelle der Geruchsbelästigung gefunden und beseitigt werden. Alle Spinde wurden vorgerückt und die Stube so sauber geputzt, man hätte vom Boden essen können. Die Lampen, die Fenster, die Heizkörper, die Gardinenleisten wurden gereinigt, kein Staubkörnchen blieb unentdeckt, doch der Gestank blieb. Was blieb waren die Inhalte der Spinde selbst.

Alle machten sich in ihren Spinden zu schaffen und kehrten jedes Teil aus, legten es wieder zusammen und zurück in das betreffende Fach im Spind. Alle Fächer, Wäschefach, Essensfach, Wertfach, Kleinteilefach und Stiefelrost wurden aufgeräumt und gesäubert. Nichts! Dann kam ein Schrei von Bärkenstratter: „Wupp, du Sau, du Rübenschwein! Schaut euch das einmal an!" Mit diesen Worten hielt er die im Schoß blutgetränkte Jeans hoch. Wupp`s Kommentar unter Grinsen war nur: "Ich konnte doch nicht wissen, dass die Kleine noch Jungfrau war und besser Deine Hose als meine!" Von diesem Moment an hatte Wupp sich doch etwas außerhalb der Kameradschaft gestellt.

Merke: Kameradschaft ist keine Einbahnstraße und wer einmal unkameradschaftlich war, der wird es schwer haben, wieder in die Kameradschaft aufgenommen zu werden.

Feldwache

- Wie man Geheimnisträger wird.

Am Ende der Grundausbildung kam es oft zu einem kurzen Truppenübungsplatzaufenthalt, bei dem dann auch die Rekrutenbesichtigung erfolgte. Das war natürlich dann nur ein Tag des gesamten Aufenthaltes. In dieser Zeit bis zur Besichtigung wurde das ganze Spektrum der Dienstverrichtungen nochmals geübt. Beobachten und Melden („Gucken und Bescheid sagen"), Feldposten (Schlaflabor), Bewegungen auf dem Gefechtsfeld und Zurechtfinden im Gelände. Daneben musste natürlich das Zeltlager bewacht werden. Das war mehr ein Bewachen der Kameraden, damit die nicht auf Abwege kamen, aber es stimmte einen schon einmal darauf ein, wie es am neuen Standort zunächst einmal mit dem Dienst aussehen würde.

Eines Nachts nun hatte auch unser mutiger Rekrut Wache und wurde von seinem stellvertretenden Zugführer in die Aufgabe eingewiesen:

„Haselmann, es gibt hier nicht viel zu beachten und daher auch keine Wachanweisung. Es gibt nur drei Dinge die Sie beachten müssen:

1. Jeder der das Lager betritt oder verlässt muss einen Passierschein des Leutnants haben oder es ist ein höherer

Vorgesetzter, dann bin ich, als Wachhabender, zu rufen.

2. Ab 22:00h ist Zeltruhe. Lärm ist zu unterbinden oder ich bin zu rufen.

3. Wenn der Leutnant heute Nacht ins Lager kommt, bin ich sofort zu rufen.

Haben Sie alles verstanden?"

Na, da war kein Raum für Missverständnisse und sowieso gab es nur eine Antwort, und die lautete: „Jawoll, Herr Oberfeldwebel" Denn dieser OFw war schon über 40 (!!!) Jahre alt und kriegsgedient. Er hatte aus diesem Grunde unseren vollsten Respekt. Er war hart aber gerecht.

Die Nacht brach über das Lager herein und gegen 22:00h wurde das Lagerfeuer gelöscht und Ruhe kehrte ein. Der Leutnant war fort und es gab keine Unannehmlichkeiten mehr. Die Sommernacht war mild und so blieben die zur Wache bestimmten Soldaten noch still ein wenig zusammen.

Gegen 03:00h hörte unser Wachsoldat aus der Ferne das Geräusch eines Autos. Kurz darauf wurde ihm klar, dass sich ein DKW Geländewagen dem Lager näherte. Das konnte nur der Zugführer, Leutnant Möhrend, sein. Also ging unser Soldat mutig zu seinem OFw und weckte ihn: „Ich glaube, da kommt der Leutnant zurück!" Der OFw murmelte nur: „Ich habe gesagt, wenn der Leutnant ins Lager kommt sollen Sie mich wecken, nicht wenn Sie eine Glaubenskrise haben, raus!" Unser Soldat geht also wieder auf Wache und wenige Minuten später mahlt der Geländewagen in das Zeltlager. Der Fahrer parkt das Fahrzeug 100% auf den vorgesehenen Parkplatz ein, aber er verlässt das Auto nicht. Wenige Sekunden später fängt ein Dauerhupen an. Unser Soldat öffnet die Fahrertür und sieht den Lt über dem Lenkrad zusammengebrochen hocken. Im Fahrzeug roch es stark nach Alkohol. Schon kommt der OFw aus dem Wachzelt und hebt den Lt von der Hupe. „Los, fassen Sie an, wir tragen den Leutnant ins Zelt!" Gesagt, getan. Der Lt war verfrachtet und OFw und Wachsoldat standen wieder im Freien. „So, das haben Sie nicht gesehen und auch nicht erlebt. Ich schreibe nichts ins Wachbuch und Sie halten den Rand, klar? Wehe, ich höre ein Gerücht! Sie sind jetzt Geheimnisträger!" Unser Soldat hat nichts gesagt und bei dem gesunden Schlaf der Rekruten nach Tagen der Ausbildung an der frischen Luft war auch keiner von ihnen aufgewacht. Erst Monate später erfuhr unser Soldat, dass sich dieses Ritual fast täglich wiederholt hatte. Aber er war auf diese Art und Weise zum Geheimnisträger geworden.

Helske
- Die gestörte Nachtruhe

Helske wäre ein eher kleiner und unscheinbarer junger Mann gewesen, wenn, ja wenn nicht sein Körper dafür gesorgt hätte, dass man auch nach dem zweiten Blick noch ein drittes Mal hätte hinschauen müssen.
Seine Körpergröße verwies ihn an das Ende der Gruppe und gab ihm die Aufgabe des rückwärtigen Sicherers. Das ist bei einer Länge von 1.67m normal. Der Schnitt lag bei 1.75m und der erste Mann der Gruppe, also der MG-Schütze, war 1.89m groß. Helske war mit einem eher kleinen Kopf versehen, der mit scheuen Augen die unfreundliche Umwelt betrachtete. Sein Oberkörper war schmächtig, fast zart und wirkte wie der eines Mädchens von 14 oder 15 Jahren. Ab der Körpermitte aber zeigte sich ein ganz anderes Bild. Die Taille war die Sollbruchstelle des Körpers. Ab dort entwickelte sich ein komplett anderer Mensch. Die Hüften waren ausladend und die Oberschenkel sowie der Rest der Beine waren die eines stämmigen Mannes. Normal wären das zwei völlig verschiedene Menschen geworden, die eine Laune der Natur so zusammengebaut hat. Diese Äußerlichkeit wäre nicht tragisch gewesen, wenn Helske nicht gleichzeitig mäkelig in Dingen des Essens und ewig meckernd beim

Dienst gewesen wäre. So aber war der Dienst für ihn nicht leicht.

Die Stube 16 war dunkel und man hörte das Atmen von 8 jungen Männern und einem Schnarcher. Acht Kameraden lagen wach weil sie nicht schlafen konnten, nur Helske schlief. Er war der extreme Schnarcher. Er machte sich keinen Kopf darüber, dass wegen seines Schnarchens die Kameraden nicht schlafen konnten. War er allgemein schon nicht gelitten, weil er ständig nölte und meckerte, so ist Gleichgültigkeit der Grund dafür, dass man ihm seine Krankheit übel nahm, obwohl damals Schnarchen noch nicht als Krankheit sondern als Rücksichtslosigkeit galt. In einem Gespräch über seine Schnarcherei und wie stark das die Kameraden belästigt äußert er: „Mich stört das doch auch nicht, also, macht es wie ich!"

Nach dem Dienst versammelten sich die Kameraden in der Kantine. Alle waren gekommen nur Helske fehlte, aber um ihn ging es ja. „Das hält doch keine Sau aus, jede Nacht dieses Konzert und der Kerl zeigt nicht einmal den Willen an der Situation etwas zu ändern." Bärkenstratter war normal ein ruhiger Kamerad, der lieber zweimal dachte, als einmal unüberlegt etwas zu sagen. Alle im Kreise nickten. „Da muss etwas geschehen. Wir müssen das ändern und wenn der Heilige Geist kommen muss." Das war Schmittchen, ein junger Mann mit kaufmännischer Lehre. „Nee, lasst man die

Kirche im Dorf, wir könnten doch auch beim Spieß seine Verlegung in eine andere Stube beantragen." Gollwitzer war auf ein Humanistisches Gymnasium gegangen und war immer für eine Lösung ohne Konfrontation. „Nee, nee, das klappt nicht. Den nimmt uns keiner ab und eine Einzelstube gibt es erst ab Feldwebel" war Kamerad Dallings resignierender Kommentar. Es wollte niemandem ein probater Vorschlag zum Abstellen der Schnarcherei einfallen. Da kam Schmittchen mit der Idee heraus, dass man Helske in der Nacht, wenn er wieder schnarcht, den kleinen Finger in ein Schälchen mit warmem Wasser tauchen solle. Das würde helfen. Den Trick habe er von seinem Großvater gehört und das sei todsicher. „Wenn er dann mit Schnarchen anfängt, stecken wir seinen kleinen Finger in die Schale und dann wird er unweigerlich zum Bettnässer!" „Wenn ihm das keine Lehre ist, dann weiß ich es auch nicht", meinte Bärkenstratter und es war beschlossen.

Kaum schnarchte Helske in der kommenden Nacht, wurde leise eine kleine Schale mit lauwarmem Wasser geholt und sein kleiner Finger ging baden. Erwartungsvolle Stille folgte und alle außer Schmittchen waren in den Betten und erwarten den Schrei von Helske, der aber ausblieb. Er hatte nicht ins Bett gestrullt. Was nun? Die Stuben-bewohner waren ratlos und der Versuch der

Bestrafung wurde aufgeschoben. Die Beratung am folgenden Tag erbrachte wieder etliche Vorschläge, die aber alle verworfen wurden, weil sie entweder zu viel Vorbereitung erforderten oder ein Vergehen beinhalteten. Da kam Wuppenklöthen eine glänzende Idee: „Streichen wir doch auf ein mundgerechtes Stück Pappe NIVEA und schieben ihm das beim Schnarchen in den Mund. Das ist ein Streich, den er beachten wird." Da war zwar die Gefahr einer Körperverletzung drin, aber wir waren ja in der Stube und da sollte nichts Schlimmes geschehen. Wieder war die Stube wach und als Helske sein obligates Konzert begann, wurde der perfide Anschlag durchgeführt. Der Pappstreifen verschwand im Mund und alles wartet gespannt auf den sicheren Erfolg. Helske stockte mit atmen, begann ohne zu erwachen zu kauen und schluckte dieses eklige Stück Pappe einfach hinunter, ohne sich wesentlich stören zu lassen und bald schon schnarchte er erneut. Wieder ein Fehlschlag, den wir nicht erwartet hatten.

Also stimmten wir ab und beschlossen, den Rat der älteren Soldaten, der Gefreiten, die ja fast allwissend sind, einzuholen. Doch die Vorschläge waren die gleichen, die wir selber schon entwickelt hatten. Nur der „Heilige Geist" war jetzt noch eine Möglichkeit, die wir ohne fremde Hilfe hätten durchführen können ohne kriminell zu werden, auch wenn man heute anders darüber denkt.

Der „Heilige Geist" wurde unter Soldaten normal nur bei Kameraden gerufen, wenn dieser eine Soldat die Regeln des soldatischen Zusammenlebens ernsthaft störte. Der „Heilige Geist" war meist eine schmerzhafte Erfahrung, da man unter Soldaten nicht sehr zimperlich war. Dies konnte zum Beispiel sein, dass ein solcher Soldat nachts gepackt wurde, sein Hintern mit Schuhwichse eingerieben und dann mit dem Koppel glatt geschlagen wurde. Um ein Erkennen der Täter zu verhindern und auch um mögliche Schmerzensschreie zu ersticken, wird dabei der Delinquent in eine Decke gepackt, so dass der Kopf eingewickelt ist.

Auf der Stube konnte keiner mehr so richtig schlafen, aber man wollte diese Schnarcherei auch nicht mit Petzen beim Vorgesetzten oder dem Verschaffen von Vorteilen auf Kosten der Kameraden vergleichen. Eigentlich konnte Helske ja nicht dafür, nur machte er sich auch keinen Gedanken um die Nöte seiner Kameraden.

„Jetzt bleibt nur noch der „Heilige Geist. Alles was es sonst noch so gibt, haben wir verworfen. Hat jemand einen Vorschlag, der nicht auf Körperverletzung hinausläuft?" das war wieder Kamerad Gollwitzer. „Mir fällt im Moment nichts ein, aber das kommt schon noch. Auf alle Fälle ist klar, wir müssen ein Exempel statuieren." Haselmann war eher für die härtere Gangart, hatte sich aber dem allgemeinen Trend nach milder Strafe oder Maßnahme angeschlossen. „Es ist klar, der „Heilige Geist" wird kommen, aber nicht so richtig, so seht ihr das auch?" „Klar, Wupp, aber es muss schon was ordentliches sein. Wie wäre es denn mit dem: Wir schieben das Bett von Helske in die Dusche und drehen auf. Da haben wir dann das Ergebnis der Schale mit warmem Wasser sicher, aber etwas härter." Schmittchen war richtig stolz, dass ihm etwas Neues eingefallen war. Die Gruppe schaute ihn überlegend an und dann kam das Einverständnis einstimmig.

Die beschlossene Maßnahme wurde normal nur bei Soldaten angewendet, die die nötige Sauberkeit vermissen ließen, aber es fiel uns kein milderer „Heiliger Geist" ein. In einer der folgenden Nächte wurde das Bett von Helske mit ihm darin an den vier Ecken angehoben und aus der Stube getragen. Unter der Gemeinschaftsdusche wurde er abgestellt und gleichzeitig alle Duschen aufgedreht, die sein Bett erreichen konnten. In dieser Nacht hatte Helske mit sich und seinem Bett zu tun.

Am nächsten Morgen gab es ein großes Donnerwetter vom Gruppenführer, vom Zugführer, vom Spieß und auch noch vom Chef über Kameradschaft und kamerad-schaftliches Verhalten. Man musste sich alles anhören und stellte resignierend fest, dass gegen Schnarchen kein Mittel probat ist. Helske hatte seine Ruhe und der Rest der Welt schlief mit Watte im Ohr.

Manöverball
- Tugend und Rausch der Sinne

Es war September und die Grundausbildung neigte sich dem Ende zu. Das Wetter war ungewöhnlich schön gewesen und der Boden des Truppenübungsplatzes DAADEN mit dem Lager Stegskopf im Westerwald war hart wie Stein. Trotzdem war die Ausbildung einigermaßen zu ertragen, ging es doch auf die Besichtigung zu und die Ausbilder ließen es langsam angehen. Einzig die 36-Stunden-Übung war noch hart, aber dann war es geschafft. Die Besichtigung war durch den Korps-Fernmeldekommandeur, Oberstleut-nant HINKELDAY, abgenommen und der Rest des Tages war nur noch der Vorbereitung auf den Manöverball gewidmet. So gut es ging wurde der kleine Dienstanzug aus dem Seesack geglättet, einige schafften es sogar, jemanden von der Stamm-belegschaft des Truppenübungsplatzes zu überreden, ihnen ein Bügeleisen zu leihen und die Möglichkeit zum Bügeln zu ergattern. Es brummte erwartungsvoll im Lager. Gegen 18:30 Uhr erfolgte der Ruf zum Antreten und die Soldaten marschierten im Gleichschritt vom Zeltplatz in den kleinen Ort MAUDEN, in dem der Leutnant den Manöverball organisiert hatte. Er tat dies wohl nicht ganz uneigennützig, doch das ist eine andere Geschichte.

„Meinst Du da kommen überhaupt ein paar Mädchen?" fragte Dahlke während des Marschierens und der erwartete Ordnungsruf des Zugführers blieb diesmal aus. „Ja glaubst Du denn die sind weniger froh über eine Abwechslung als wir? Nur weiß ich nicht ob das den Burschen gefällt. Du kennst ja das Westerwaldlied. – Ist das Tanzen dann vorbei, gibt's gewöhnlich Keilerei und den Bursch den das nicht freut, ja man sagt der hat kein Schneid - Wir werden sehen wie es kommt." Hupp konnte sich bei der Aussicht auf eine Keilerei in Rage reden und seine Vorfreude war unverkennbar.

In dem Dorfgasthof war der Saal gerichtet und auf einem Podest spielte eine Blaskapelle zum Tanz. Die Soldaten waren an Tische verteilt und die Schönen des Dorfes waren Ihnen als Tischdamen zugeordnet. „Hoffendlich ist meine Tischdame keine Dorfpomeranze sondern ein wenig aufgeschlossen." Gollwitzer konnte dumme Menschen nicht ausstehen und gab auch manchmal mit seiner humanistischen Vorbildung etwas an. Das nahm aber keiner ernst, war er doch auf dem Gymnasium aus der 10. Klasse abgegangen.

Im Saal ging es dann aber sehr akademisch zu, denn unser Leutnant achtete auf Stil und Formen. Noch kurz vor dem Abmarsch hatte uns der Leutnant vergattert. „Wenn Sie gleich im Gasthof an die Tische kommen, erwarte ich von Ihnen ein untadeliges Benehmen den jungen Damen gegenüber. Gehen Sie an den Tisch, verbeugen sich kurz und überreichen der Dame den kleinen Blumenstrauß. Bärkenstratter, haben auch Sie die Blumen zur Hand?" „Jawohl, Herr Leutnant!" schallte es aus dem Glied zurück und der Leutnant fuhr fort. „Dann stellen Sie sich kurz mit Ihrem Namen vor und bitten Platz nehmen zu dürfen. Keine Bange, das wird Ihnen gewährt, aber die Höflichkeit gebietet das so. In den Gesprächen, die Sie dann mit den jungen Damen führen sind vier Themen tabu: Gespräche über dienstliche Geheimnisse, Politik, Kirche und erotische Träume. Denken Sie immer daran, dass Sie die Uniform der Bundeswehr tragen. Machen Sie ihr keine Schande. Haben wir uns verstanden?" „Jawohl, Herr Leutnant!" kam es im Chor zurück. Auch wenn das Gehörte erst verarbeitet werden musste, die Erziehung griff bereits sehr gut. Die Belehrung über den Umgang mit jungen Damen im Allgemeinen und als Uniformträger im Speziellen sackte langsam in das Bewusstsein, aber die Erwartung an den Abend war teilweise doch größer als der Gedanke an die Vorgaben durch den Zugführer. Nach dem gemeinsamen Abendessen und den ersten Tänzen war es dann schon etwas lockerer und eine ausgelassene Stimmung griff um sich. Gegen Acht kam noch einmal die Durchsage, auf keinen Fall die Jacken auszuziehen, doch das störte kaum mehr jemanden. Wohin man sah, waren junge Leute in ein angeregtes Gespräch vertieft, erzählten mit hochroten Köpfen vom Dienst, von zuhause oder auch schon von dem unerhörten Glück, heute hier zusammengekommen zu sein. Die Männer waren so gemischt, wie es nur bei den Soldaten vorkommt.

Da war der verheiratete Späteinberufene, der Junggeselle aus dem Handwerk oder der kaufmännische Angestellte, der soeben seine Lehre beendet hatte, neben dem Schüler der höheren Lehranstalt. Keine Gruppe war da eine Ausnahme. Wenn sie auch die Freiwilligengruppe waren, so gab es doch auch bei ihnen den älteren, verheirateten Kameraden, der schon Lebenserfahrung, Verantwortung und Gelassenheit hatte. Er kam aus einer Anstellung bei den Amerikanern und hatte die Mittlere Reife. Da war der abgebrochene Gymnasiast, der jetzt glaubte, dass die Bundeswehr ihm den richtigen Halt geben könne, zumal er gesundheitlich angeschlagen war, was aber der Truppenarzt nicht wusste und wissen durfte. Da waren der Handwerker in schlichter Solidität und der kaufmännische Angestellte mit kleinen Fantasien über die Zukunft, genau wie der naive, lebens-unerfahrene Schüler, der soeben seine Mittlere Reife hinter sich hatte und nun staunend das Leben der Soldaten erfuhr.

Natürlich hatte man ihnen schon einmal, nach sechs Wochen, Ausgang in Begleitung des Unteroffiziers gestattet und danach jedes Wochenende ohne angesetzten Dienst vom Sonnabend nach Dienst bis Sonntag 22:00 Uhr Urlaub gewährt, aber diese Zeiten waren kostbar und rar gewesen.

An diesem Abend gab es keinen Zapfenstreich und keine Regularien außer denen, sich zu benehmen und der Bundeswehr keine Schande zu machen. Der ältere verheiratete Kamerad ging schon bald nach 22:00 Uhr. Es war ihm wohl zu albern mit den kichernden Mädchen und rustikal balzenden Kameraden. Der Rest der Soldaten war aber voll im Gange, den Abend zu einem Erfolg zu gestalten. Gegen 23:00 Uhr verließen die ersten Gruppen von Paaren den Saal und auch der junge Schüler merkte die Müdigkeit in den Knochen, denn die letzte Woche war doch anstrengend und aufregend gewesen. Seine Gedanken kreisten um den Umstand, wie man einer sehr netten jungen Dame sagt, dass der Abend gelaufen ist. Kurz nach Mitternacht hatte er das Gespräch zu einem guten Ende gebracht und gab sich ganz Kavalier, indem er seine Begleitung zum elterlichen Hause anbot. Wie nicht anders zu erwarten, willigte die Schöne ohne zu zicken ein. Mit der jungen Dame am langen Arm, wie man damals gerne sagte, zog er vom Dorfgasthof los. Das Mädchen wohnte in einem nur zwei Kilometer entfernten Dorf, es hieß, so glaube ich DERSCHEN, was für unseren Soldaten nur eine Kleinigkeit war, er war trainiert. „Siehst Du dort oben die drei Sterne in Schräge am Himmel?" „Ja" kam die zögerliche Antwort. „Das ist der Gürtel des Orion Sternbildes" dozierte unser Schüler und kam sich ganz toll vor, weil das junge Mädchen davon nicht viel verstand. Die hatte aber wohl eher daran gedacht, wie man einen möglichen Sturmangriff des jungen Dachses abwehren konnte, ohne den Abend zur Katastrophe werden zu lassen. Während er ihr auf dem Weg die Sterne erklärte und wie man sich dabei orientieren kann, hörten sie wiederholt im Gebüsch verdächtige Geräusche, die sich unser Schüler gar nicht erklären konnte. Das junge Mädchen lächelte wissend, aber natürlich sagte sie nichts. Damals verhielten sich wohlerzogene junge Damen zurückhaltend und nicht so aggressiv wie man das heute gewohnt ist. Der Mann hatte die Initiative zu übernehmen oder es geschah eben nichts. Als sie an einem Bohnenfeld vorüber kamen, hörten sie Geräusche, die an das Stöbern und Ackern von Wildschweinen erinnerten. Das Mädchen rückte näher an unseren Soldaten, aber der ging tapfer weiter und erklärte, dass Wildschweine nichts täten, wenn man sie nicht stört. Wenige Schritte später outeten sich die Wildschweine durch einen fast tierischen Schrei in Verbindung mit dem Zusammenbruch eines Bohnenstangen- paares und der sonoren Stimme eines

Kameraden aus einer anderen Gruppe: „So ein Sch… und gerade war ich so weit!" Erschrocken und mit schnellem Schritt entfernte sich unser Paar vom Platz des Geschehens. Der Vorfall wurde nicht erwähnt und das Mädchen brav an der Haustür abgeliefert. Ob das Mädchen sehr enttäuscht war, lässt sich nicht sagen, weil es kein Wiedersehen gab.

Am nächsten Tag im Zeltlager drehten sich die Gespräche fast ausschließlich um das Thema Manöverball. Dabei erfuhr unser Schüler auch so einiges über die Freuden zwischen Mann und Frau, die er ja nun versäumt hatte. Seine Erkenntnis daraus war, dass Selbstbeherrschung die Wurzel fast aller Versäumnisse ist.

Gruppenzwang
- Mut zeigt selbst der Mameluk

Er war ein angenehmer Untergebener. Von Beruf Schüler und gut erzogen. Dazu kam, dass er ein Gefühl für Disziplin und Befehl und Gehorsam hatte. Dies kam natürlich aus der Erziehung im Elternhaus, wo der Großvater starken Einfluss ausgeübt hatte. Dieser war Soldat der Kaiserlichen Armee gewesen, eine Respektsperson. Deshalb war unser Freund zur Bw gegangen und hatte sich auf vier Jahre verpflichtet. Die Vorgesetzten waren zufrieden mit seinen Leistungen und seinem Einsatz. Die Kameraden sahen das teilweise ganz anders. Dieses Weichei hatte noch keine Disziplinarstrafe (Verzeihung; Disziplinar-massnahme, kurz Diszi genannt), machte, was die Vorgesetzten ihm auftrugen und hatte noch nicht einmal den Zapfen gewichst. Für meine jungen Leser, denen die Begriffe „Zapfensteich" und „Zapfen wichsen" möglicherweise wegen der Liberalisierung in der Bw nicht mehr geläufig sind, sei gesagt, dass der Zapfenstreich in den 50er und 60er Jahren eine „Heilige Kuh" war. Der Zapfenstreich war die Zeit, zu der ein Soldat in der Kaserne zu sein hatte. Allgemein war dies 22:00 Uhr. Für ältere Soldaten, die sich nichts zuschulden hatten kommen lassen und für das Wochenende galt 24:00 Uhr, wenn der Zugführer und der KpFw gnädig waren. Die Offiziere und Feldwebel pflegten auf Beschwerden wegen der knapp bemessenen Ausgehzeit speziell am Wochenende zu sagen, wer es bei einer jungen Dame bis dahin nicht geschafft hat, der schafft es auch in der restlichen Nacht nicht. Im Ausnahmefall und mit Begründung oder für Unteroffiziere ohne Portepee (Dienstgrad: Uffz oder StUffz) galt 02:00 Uhr. Nach der Spezialgrundausbildung war die Rückkehr aus dem Wochenende oft auch bis 02:00 Uhr des folgenden Montags befristet. Die Einhaltung dieser Zeiten oblag dem UvD und natürlich der Wache. Verfehlte ein Soldat diese Zeiten, so nannte der Landser dies schlicht den „Zapfen wichsen", da meist ein erotisches Motiv dahinter steckte. Verstöße wurden unnachsichtig dem KpFw gemeldet, der dann die Verfehlung dem Chef meldete. Meist erfolgte danach eine Diszi.

Lange überlegte er, wie er die Meinung seiner Kameraden über sich ändern könnte. Auch er wollte natürlich in der Gemeinschaft als ein geachtetes Mitglied dastehen. Man sollte ihn als einen der Ihren sehen und behandeln. Davon war er weit entfernt. Alle Überlegungen mündeten in die Erkenntnis, dass er dazu einen Verstoß gegen die Disziplin mit allen Folgen auf sich nehmen musste. Er zermarterte sich das Hirn, wie er die Folgen umgehen könnte und trotzdem gegen Vorschriften verstoßen könnte. Da kam ihm eine Idee. Das Zapfenwichsen schien ein relativ ungefährlicher Gag zu sein, denn fast alle brüsteten sich damit, es schon einmal getan zu haben. Er musste alles über das Verhalten beim Überschreiten des Zapfenstreiches wissen. Jeden Tag fragte er einen derjenigen, die das schon einmal getan haben wollten, was man besser nicht tut und was man beachten muss, wenn man es tun will. Die Antworten waren zum Teil widersprüchlich und manchmal auch unglaubwürdig. Er sagte nichts, aber dachte sich sein Teil. Man wollte ihn nicht informieren, er gehörte nicht dazu. „Heute Abend werde ich möglicherweise nicht rechtzeitig vom Ausgang zurück sein. Ich habe da eine Verabredung und es könnte unpassend sein, wenn der Zapfenstreich das junge Glück stören sollte." Alles horchte auf, aber es fiel kein Kommentar. Auf der Stube richtete er sein Bett her. Unter die Decke wurde Wäsche zur Wurst gedreht so hingelegt, dass man bei flüchtiger Betrachtung den Abdruck eines menschlichen Körpers vermuten konnte, die Haare wurden durch einen Besen dargestellt. Das alles war nur deshalb erfolgversprechend, weil erstens die Beleuchtung eher schummrig war und zweitens das obere Bett der Etagenbetten das untere Bett in einen Halbschatten versetzte. Natürlich musste der Alarmstuhl gebaut werden. Das Fehlen eines Alarmstuhles hätte dem UvD sofort verraten, dass hier ein Soldat fehlt.

Ein Alarmstuhl wurde deshalb gebaut, weil der Soldat sich auch nachts, falls Alarm kam, im Dunkeln zurechtfinden und anziehen können sollte. Dazu war es nötig die gesamte Kleidung für diesen Fall in einer genau festgelegten Reihenfolge auf dem Stuhl auszulegen. Das Hemd war zuunterst über die Stuhllehne gelegt. Die Unterhose lag darüber und das Unterhemd lag zuoberst. Auf dem Sitz lag die Hose, die Socken waren über die Leiste unter dem Sitz und zwischen den Stuhlbeinen abgelegt und die Schuhe standen seitlich vom Stuhl.

Nun konnte die Aktion starten. Sein Nachtausgangsschein ging bis 24:00 Uhr. Den Abend vertrieb er sich in der Milchbar und ging anschließend ins Kino. Danach trank er noch ein Bier und dann war es 24:00 Uhr durch, doch jetzt kam das Muffensausen vor der eigenen Courage. In der Diskussion ging immer alles wie geschmiert, aber am Kasernenzaun kamen ihm doch Bedenken. Wann ist die Wache wo? An welcher Stelle des Zaunes steigt man am Besten über? Wie kommt man am UvD vorbei? Jetzt zeigte sich, dass die Vorbereitung nicht optimal war. Nach einem weiteren Bier in der Hermann Löns Klause, kurz vor der Kaserne, fasste er dann gegen 03:00 Uhr notgedrungen den Entschluss zum Handeln, da der Wirt schließen wollte. Cirka 150m vom Tor und genau gegenüber des Kp-Blocks überstieg er den Zaun. Das ging auch schnell und seiner

Meinung nach geräuschlos. Trotzdem kam am Tor Lärm auf. Ein lautes Kommando, das er nicht verstand, und aus dem Schatten des Wachgebäudes lösten sich zwei Gestalten und rannten in seine Richtung. „Mist, den Klingeldraht habe ich vergessen!" Er verstand, man hatte ihn entdeckt. Er rannte auf den Kp-Block zu und die Gestalten schwenkten auf seinen neuen Kurs ein. In die vordere Tür des Blockes hineinrennen und sofort in die erste Etage rennen, ohne den Schritt zu vertuschen oder zu schleichen. Der UvD erwachte. Oben auf dem Flur zog unser „Greenhorn" die Schuhe aus und raste zum zweiten Eingang, verließ den Block aber noch nicht. Kaum hatte er die Tür erreicht, stürmten zwei Soldaten der Wache durch die erste Tür herein und stießen auf den erwachten UvD. Während man sich dort beriet, entwischte unser Freund durch die zweite Tür. Jetzt musste er sich verstecken, bis alles wieder ruhig war. Dazu bot sich das um diese Zeit verlassene Offizierkasino an. Es war natürlich streng verboten, die Offiziermesse zu betreten, aber was tut man nicht alles in der Not. Endlich ging das Licht beim UvD wieder aus und die Soldaten kamen aus dem Gebäude und gingen Richtung Wache. Er war sich nicht ganz sicher, ob beide Wachsoldaten herausgekommen waren, denn er hatte ein wenig gedöst. Noch länger wollte er aber nicht warten, also huschte er die 20m zur hinteren

Gebäudetür und betrat das Gebäude. Da hörte er draußen einen der Wachsoldaten rufen: „Da ist er, er kommt hinten rein!" Nun begann eine Jagd durch das Gebäude, an der neben den Wachsoldaten auch der UvD beteiligt war. Dennoch gelang es ihm, in sein Zimmer zu schlüpfen und angezogen unter die Bettdecke zu tauchen. Im nächsten Moment kam der UvD in das Zimmer und schaltete das Licht an. Niemand rührte sich. Man hörte den UvD mit den Wachsoldaten tuscheln, das Licht ging aus und die Suche ging hörbar weiter. Vor Sorge doch noch entdeckt zu werden schlief unser Held angezogen im Bett bis zum Wecken und zog sich erst dann um. Dabei wurde natürlich der Stubenbelegschaft klar, dass der Aufwand in der Nacht diesem jungen Stubenneuling, dem Weichei, gegolten hatte.

Er hatte seine Probe bestanden und galt fortan als ein gestandener Kerl, der es sogar geschafft hatte, den UvD und die Wache zu überlisten. Nie wieder in seinem weiteren militärischen Leben würde er so etwas noch einmal tun, denn die Wartezeit bis er zu spät dran war, die Aufregung der Jagd und das Unausgeschlafensein am nächsten Tag schien ihm den Aufwand nicht wert.

Die Befehlsausgabe
- Der verhinderte Offizieranwärter

Die Grundausbildung lag hinter ihm. Die Zeit der Disziplinierung und des Drills war aber gut im Gedächtnis verankert. Aus einem aufmüpfigen Schüler, der vom Großvater her das Militärische eingeimpft bekommen hatte (der Großvater war Major der Kaiserlichen Armee gewesen) und vom Elternhaus her vom Vater militärisch vorbelastet war (der Vater war Oberstleutnant der Wehrmacht gewesen), war nun ein Soldat geworden, der zumindest wusste, wann es unsinnig war, sich gegen den Strom zu stellen. Seine Disziplin, die vordergründig auch erkennbar war, wurde durch den zweiten Elternteil in seinen Genen, eine sächsische Mutter, immer wieder hinterfragt. Es war noch nicht entschieden, ob der Preuße oder der Sachse in seinem Blut die Oberhand gewinnen würde. Allgemein wird diese Kombination von Veranlagungen in einer Armee wie der Bundeswehr begrüßt, diszipliniert sie doch den Sachsen und entkrampft sie den Preußen. Sie wird dafür angesehen, die Balance zwischen dem autoritären preußischen und dem legeren österreichischen Stil halten zu können. Die landläufige Vorstellung ist dann, dass der so beglückte im Dienst und nach innen ein Preuße und nach Dienst und nach außen ein Sachse sein soll. Doch sag das einem 18-

jährigen jungen Mann. Die Verwechslung der Temperamente zur anstehenden jeweiligen Situation ist vorprogrammiert.

Am Ende der Grundausbildung hatte der Kompaniechef ihm und zwei weiteren Soldaten von seiner Gruppe das Angebot unterbreitet, den Unteroffizieranwärter-Lehrgang zu besuchen, und nach Bestehen die Ausbildung zum Offizier zu befürworten. Einzige Bedingung, sie müssten bei den Grenadieren bleiben. Er tat dies, obwohl für die betreffenden Soldaten bereits die Versetzung zu den Fernmeldern nach BERGISCH-GLADBACH vorlag, aus dem Privileg der Rekrutenwerbung heraus. „Was sagst Du zu dem Angebot" fragte Gollwitzer den erfahrenen älteren Kameraden Wahrlich. „Das ist doch eine Chance, oder?" „Du kannst das sehen wie Du magst, ich für meinen Teil werde das Angebot ablehnen. Meine Frau hat oft genug alleine zuhause gesessen, das will ich ihr nicht gleich wieder zumuten." „Ja, ich weiß nicht, wir müssen dann durch die Grenadier Ausbildung zum Uffz durch. Ich habe sie auf der SCHMITTENHÖHE gesehen, das will ich eigentlich nicht machen müssen!" sagte Hauser. Lange wurde in dieser Nacht noch diskutiert, aber am nächsten Tag wurde das Angebot von allen drei Soldaten abgelehnt. Wenn sie dieses Angebot bereits nach der Grundausbildung bekämen, würden sie sicher auch später noch einmal so eine

Chance erhalten. Daraus sieht man, dass man Chancen auch begreifen muss, wenn sie einem begegnen. Nie wieder in ihrer Zeit als Soldat sollte sich dieses Angebot wiederholen. So weit so gut, hätte der junge Soldat, um den es sich hier dreht, von jetzt ab darüber geschwiegen, welche Ziele er verfolgt. Er aber sprach mit seinen Kameraden darüber, dass er dieses Ziel, Offizier zu werden, jetzt bei der Fernmeldetruppe anstreben würde. Neid und Häme waren ihm fremd und so konnte er sich nicht vorstellen, dass er sich damit außerhalb der Kameradschaft stellen würde. Etwas, das zu dieser Zeit der Reichsacht oder doch wenigstens dem Aussatz im Mittelalter ähnlich kam. Er war halt noch jung und naiv.

Die ersten Tage in der neuen Einheit waren dementsprechend eine tiefgehende Erfahrung. Die Kameraden waren in der gleichen Situation des sich Einlebens, die „Alten" ließen die Neuen spüren, dass sie noch nichts zu „kamellen" hätten. In einer derartigen Situation fühlt sich der Mensch einsam und von allen guten Geistern verlassen. Das war er dann auch, denn die Vorgesetzten hielten darauf, dass die „Neuen" richtig „eingenordet" wurden. Je nach Dienstgrad und Dienststellung wurde er durch Übersehen und Missachtung seiner Person auf seine untergeordnete Stellung hingewiesen. Die unmittelbaren Vorgesetzten wie die Uffz, der ZgFhr oder der

KpFw brachten da schon etwas weniger subtile Mittel zur Anwendung.

Jeder Soldat hatte damals morgens als erste Diensthandlung, auf den Pfiff des UvD, vor der Kp anzutreten und sich die Befehlsausgabe des KpFw anzuhören. Dies waren Diensteinteilungen, allgemeine Neuerungen, Auflistung der Namen der Soldaten, die sich beim KpChef zu melden hätten und weitere existenzwichtige Dinge. Überhaupt war der morgendliche Weg in den Dienst denkwürdig und soll hier aus der Vergessenheit geholt werden, findet so etwas doch heute nur noch ausnahmsweise statt.

Wer je morgens im Tiefschlaf gelegen und im beginnenden Tageslicht wohlig die Wärme des nächtlichen Bettes genossen hat, wird nachfühlen können, wie der Körper das Wecken durch den UvD empfindet. Soeben noch in Morpheus Armen und im nächsten Moment im Orkan der schrillsten Töne. Bevor der Körper noch ganz die Funktionen aufgenommen hat, brechen bereits wieder neue, Panik verursachende Geräusche los. Laute Stiefel auf gekachelten Fliesen im Flur und das Brüllen einer Herde Hornviehs in der Stube. Da wird kein Einzellaut erkannt. Das Inferno aus Geräuschen steigert den Kreislauf von lockeren 60 Pulsschlägen in der Minute auf 3 pro Sekunde. Zeit, um in dieser Symphonie aus Pein und Wut das logische Muster für ein bestimmtes Verhalten zu filtern, bleibt nicht viel. Die Augen öffnen sich, weil ein Moment der Ruhe und Besinnung eingekehrt scheint. Alles falsch. Da steht ein Soldat, der UvD, vor dem Bett und sagt leise in diese Orientierungsphase: „Wie hätte denn der Herr gerne sein Frühstück? Gekochtes Ei, oder was?" Die geistige Ordnung ist bereits wieder im Wirbel des Erschreckens untergegangen, da rast die nächste Schalldetonation über den armen Delinquenten: „Wenn sie Ihren Arsch nicht in drei Sekunden aus dem Lustlager erhoben haben, dann üben wir heute nach Dienst das Schlafengehen bis zum Wecken; jetzt aber dalli, dalli!!"

Es wird ruhig auf der Stube. Der so gescholtene steht vor seinem Bett und weiß nicht, wie er aufgestanden ist und schaut in drei grinsende und vier böse schauende Gesichter. Grinsen, das sind die „Alten". Sie kennen die Situation, haben sie das doch auch selbst durchlebt. Sie bewegt die natürlichste aller Freuden, die Schadenfreude. Denn dieses Verhalten wird sicher Konsequenzen durch den Spieß nach sich ziehen. Ihnen ist das wurscht, sie sind abgehärtet. Sollte es auch sie treffen, wird der „Neue" ihre Macht erfahren. Sie hatten bereits das Öffnen der Tür des UvD-Zimmers gehört und die ersten Schritte des UvD weckten sie endgültig. Zum Zeitpunkt des schrillen Pfiffs waren sie bereits hell wach und noch bevor er die Stube betrat standen sie vor ihren Betten. Der „Neue" würde schon noch lernen.

Die bösen Gesichter sind „Neue" wie er selbst. Sie fürchten die Maßnahmen des KpFw und mögliche Repressalien der „Alten". So steht er geächtet durch die Stubenkameradschaft und versucht sich zu finden. „Eh, Bratarsch, Du hast heute Revierdienst! Mach zu, damit wir nicht auffallen." Waschen im Laufschritt und natürlich nur eine Katzenwäsche. Die Uniform im Schweinsgalopp anziehen und schnell das Revier, den zugeteilten Bereich in der Wohnebene, Toilette, Waschraum oder Flur, aufsuchen und reinigen. Über diesen Tätigkeiten wird das Frühstück zu einer reinen Zirkusnummer für einen jungen Mann, der eigentlich ein halbes Pferd braucht und wegen fehlender Zeit nur eine Scheibe Brot erhält. Zurück auf der Stube ertönt meist schon wieder der Pfiff des UvD, der zur Befehlsausgabe (Parole) ruft. Vor der Kompanie steht natürlich schon fast alles, so dass seine Eile wie Zuspätkommen aussieht. Also fällt er dem UvD wieder auf.

Der macht sich seine Notiz, schaut ob nunmehr alle angetreten sind und wartet auf den KpFw. Der lässt auf sich warten, statt seiner kommt ein älterer Oberfeldwebel und bedeutet, dass er die Meldung entgegen nehmen wird. Tschimalla, oder die Geißel Gottes, wie er von den Unteroffizieren respektvoll genannt wird, beobachtet das

Verhalten des UvD und der Soldaten argwöhnisch.

„Kompanie – still, richt euch, Augen – aus, zur Meldung an Herrn Oberfeldwebel Augen – rechts. Herr Oberfeldwebel, ich melde Ihnen die Kompanie mit 5 Unteroffizieren und 43 Soldaten zur Befehlsausgabe angetreten." Der UvD hatte, um sich als alter Haase darzustellen bewusst ein paar Silben weg gelassen bzw. verschluckt. Das hörte sich zackig an und wurde von älteren gerne gehört. Ein junger sollte sich das aber nicht wagen.

„Lassen Sie die Aujen jeradeaus nehmen!"
Nun standen die Soldaten in Erwartung, was da kommen sollte. Der UvD stand links hinter dem OFw, der steht vor der Kompanie und schaut stumm die Soldaten an. Er geht zum linken Flügelmann und schaut sich die „Richtung" an. „Lerge, hast Dir angeschaut wie ihr steht? Wie der Bulle pisst! Wirst noch viel UvD machen müssen." Zum Flügelmann gewendet: „Was lachst, möchtest auch mal UvD machen? Ganz leicht, mach's Gesicht zu." In diesem Moment bemerkt er unseren jungen Soldaten. Das Schicksal ist hart aber ungerecht. „Lerge, siehst aus, als hättest Dich heute noch nicht jewaschen. Vortreten." Unser Soldat tritt vor. Was blieb ihm übrig. „Die Uniform hast wohl in ´ne Streichholz- schachtel aufbewahrt jehabt, wat? Die Schuhe sehen aus wie ausem Garten! Wie stehst da, krumm und dreckig wie ein

Gartenschlauch! Und so was will Offizier werden. Wir sprechen uns noch!! Eintreten !"
Inzwischen hatten sich auch die Feldwebel der Kp eingefunden, waren aber noch nicht eingetreten. Dies war Zeichen ihrer Würde. Sie würden erst eintreten, wenn dem KpFw gemeldet würde.
„UvD und Portepees eintreten. Fertigwerden! Kompanie - still! Meldung an Kompaniefeldwebel. Au – rechts! Melde, Kompanie wie befohlen anjetreten!"
Diesen Tag der Demütigung würde unser Soldat immer in seinem Gedächtnis präsent haben und nie mehr würde er über seine Karierwünsche sprechen, die nur Hoffnung oder Möglichkeit sind, nicht aber festgelegte Laufbahn.

Der Taubenschlag
- Der Alptraum am Montag

Im Ruhrgebiet war in den 60er Jahren die Hochburg der Taubenzüchter. Das machte auch vor den Tore der Kasernen nicht Halt. Es gab noch nicht so viele Regelungen, die alles verbieten, was dem Soldaten eine kleine Freude macht, nur weil eine Verwaltungsbestimmung dagegen steht. So hatte auch unser HFw, von dem hier die Rede sein soll, im Dachstuhl seiner Kompanie einen Taubenschlag einrichten dürfen und ging seinem Hobby nach. Morgens, nach der Parole, ging er seine Tauben füttern und betrachtete den Tag über ausgeglichen den Flug seiner 14 Tauben. Am Abend wurde der Schlag geschlossen, nachdem alle Tauben vom Flug zurückgekehrt waren. Nur am Wochenende blieb der Schlag offen, damit die Tiere nicht zwei Tage eingepfercht bleiben sollten.

Wer ein Hobby hat, der liebt es nicht nur, sondern will ihm so oft als möglich frönen. Das gilt auch fürs Militär, zumindest für die Vorgesetzten. Nun lassen sich Briefmarken nicht gut während der Dienstzeit sortieren aber es gibt Hobbys, die sich mit dem Dienst vertragen. So einem Hobby ging unser braver HFw Rötter, seines Zeichens Kompaniefeldwebel oder „Spieß", nach. Taubenzüchten ist eine Beschäftigung, die ihn die Anstrengungen des Dienstes vergessen ließen. Unter dem Dach der Kompanie durfte er seinen Taubenschlag betreiben. Es war ihm am Morgen wenn er zum Dienst kam, seine Freude und am Abend, wenn der Schlag verschlossen wurde, wie der gerechte Abschluss des Tages. Nach der morgendlichen Freude aber, kam der Dienst und als Vorgesetzter musste man auch schon einmal jemandem weh tun, sei es aus Räson oder wegen der Erziehung der Soldaten. Die Parole war der Moment, wo der Soldat erfuhr, zu welchem Dienst er eingeteilt wurde oder welche Dienste er zum Beispiel am Wochenende versehen musste. Es kam schon einmal vor, dass man verschont blieb, das aber war selten und nur wenn der Soldat alle seine Pflichten sehr gut erfüllt hatte möglich. Obergefreiter Huppenköther gehörte nicht in die Klasse der exzellenten Soldaten, er war eher ein Sorgenkind des Spießes.

„Von Freitag auf Samstag hat der Obergefreite Huppenköther GvD und vom Sonntag auf den Montag noch einmal." Diese Ankündigung war klar ein Zeichen seiner schlechten Führung als Soldat. Der OG wollte das so nicht hinnehmen und meldete sich zu Wort: "Herr HptFw, ist es überhaupt zulässig ein über den anderen Tag Dienste zu machen?" „In der Vorschrift steht, dass ein Dienst nicht länger als 24 Std dauern darf und zwischen zwei Diensten mindestens 24 Stunden Pause liegen müssen. Wären Sie nicht soviel aufgefallen und hätten Sie sich mehr Mühe gegeben, so wären Sie auch nicht so oft zum Dienst eingeteilt worden." Sprach´s, übergab an die Zugführer und ging zurück in die Schreibstube. Diese sachliche Zurechtweisung tat „Hup", wie wir ihn nannten, vor versammelter Mannschaft natürlich besonders weh, denn die ganzen „Rotärsche", sprich jungen Soldaten, die soeben aus der Grundausbildung gekommen waren, hatten die Grenzen seiner Macht mitbekommen.

„Das zahle ich ihm heim! Mir das Wochenende zu versauen und so abfahren zu lassen, das stinkt mir." Auf uns machte das keinen großen Eindruck. Wir kannten unseren Spieß eigentlich als einen sehr ruhigen und gerechten Mann, der einen Soldaten auch schon einmal beim Chef in Schutz nahm, wenn der in zu großer Härte urteilte. Seine Leidenschaft waren die Tauben und nicht die kleinliche Verfolgung von lässlichen Soldatensünden. Gegen ihn würde Hup keinen Stich kriegen. Wir fuhren ins Wochenende und Hup blieb in der Kaserne.

Es kam der Montag. Wir waren natürlich bereits am Sonntagabend in der Kaserne zurück. Unsere älteren, verheirateten Kameraden kamen erst zum Wecken bzw. der KpFw erst eine halbe Stunde vor der Meldung an ihn. Während des Revierdienstes sahen wir ihn kommen.

Anders als sonst, nicht gemessenen Schrittes und unseren Revierdienst in den Außenrevieren prüfend, sondern unruhig den Luftraum über der Kaserne absuchend. Kaum war er in der Schreibstube kam der Ruf nach „Simmi", seinem Adlatus. Dies war ein recht einfacher, braver Stabsunteroffizier mit einer Verpflichtung von 12 Dienstjahren, der es auch nie zum Feldwebel schaffen würde. Simmi war das Faktotum der Kompanie. Er war rechte und linke Hand des KpFw und manchmal auch die des Chefs.

„Simmi, lauf mal rauf auf den Boden und schau, ob die Flugklappe für die Tauben offen ist. Es wäre schlimm, wenn die Tauben das ganze Wochenende eingesperrt worden wären. Aber ich meine, ich hätte die Klappe überprüft bevor ich am Samstag ging." Simmi tobte los und kam mit der beruhigenden Antwort zurück: „Alles klar, Herr HFw, die Flugklappe ist offen. Es sind aber keine Tauben oben." „Das macht mir ja die Sorgen, Simmi. Es müssten wenigstens einige in den Bäumen oder auf dem Dach des Blockes sitzen, aber nichts. Das kann ich mir nicht erklären." Es kam die Parole und der Spieß war nicht so wie sonst bei der Sache. Wir gingen an den Dienst und dachten nicht an die Sorgen des KpFw. Seine blöden Tauben machten eh nur Dreck und es war sein Problem. In der Frühstückspause fehlte Simmi. Er war im Auftrag des KpFw unterwegs, Spuren der Tauben in der

Kaserne zu suchen. Alle schauten interessiert zu, nur Hup lächelte böse, aber uns fiel das nicht weiter auf, denn das machte er immer so, um geheimnisvoll und gefährlich zu erscheinen. Kurz vor Ende der Pause hörten wir einen Schrei: „Herr HFw, Herr HFw, ich habe sie gefunden!!" Sofort kam der Spieß hinausgerannt. Simmi öffnete die Mülltonne und der Spieß musste die Federn seiner 14 Tauben erkennen. Hup konnte sich ein Lachen nicht verkneifen und nun fiel er auf. Er machte keinen Hehl daraus, dass er die Tauben am Sonntag gefangen hatte, indem er am Samstag nach Einbruch der Nacht die Klappe geschlossen hatte. Am Sonntag hat er dann allen Tauben den Hals umgedreht und sie vor Antritt seines Dienstes gegrillt. Wie es geschmeckt hat, hat er nicht verraten, aber er hatte damit den Spieß mitten ins Herz getroffen. Natürlich musste Hup den Schaden ersetzen und hatte noch jede Menge Strafdienste, aber der Spieß war nie mehr der Alte. Wir hatten immer den Eindruck, dass er uns von diesem Tage an alle verächtlich betrachtete und seine Fürsorge war auch nur noch pflichtgemäß.

Die Toilettenschüssel
- Die Grenzen der Macht

Unteroffizier Xantner kam langsam zu sich. Der Wecker machte weiter dieses unangenehme Geräusch eines Glockenweckers auf einer Untertasse und zwang ihn zurück ins Leben. Der Abend war etwas heftig verlaufen und seine Erinnerung kam nur langsam und lückenhaft zurück. Sie waren zu viert gewesen und hatten gefeiert, aber weshalb wollte ihm nicht einfallen. Egal, es war 06:00h, der Dienst rief und er musste seine Aufgabe als Aufsicht erfüllen. Schnell waschen und rasieren, Uniform an und aus der Stube gehen war Routine. Schlecht gelaunt und nur einseitig rasiert betrat er den Flur der 1. Etage seines Kompanieblocks um das Revierreinigen seiner Gruppe zu überwachen. Kaum war er auf dem Flur, fing der Ärger auch schon an. Zuerst hörte er nur ein paar lautere Stimmen aus der Toilette, dann aber auch schon Fluchen. „Sauerei, jetzt saufen sie nicht nur, sondern demolieren auch schon die Einrichtung." Er begab sich in Richtung des Aufruhrs um die Ursache festzustellen. Das Bild das sich ihm bot war nicht geeignet seinen Sinn für Ordnung und Sauberkeit anzusprechen. Bereits am Eingang zur Toilette sah man Splitter einer Toilettenschale liegen und das Malheur verdichtete sich im 2. Zylinder der Anlage. Dort war eine Toilettenschale total zerlegt. Es stand noch der Sockel, aber der Rand, die Brille und sogar der Zug für die Spülung waren zersplittert beziehungsweise abgerissen und Trümmer, Wasser, Kotze und Fäkalien lagen wüst durcheinander. „Das bleibt so, bis der Spieß kommt. Revier- reinigen abbrechen, Schlüter, Sie schließen den Raum ab und händigen mir den Schlüssel aus." Der Kopf tat zwar weh, aber diese Anweisung hatte er noch sauber gegeben. Wenn er nur klar denken könnte, aber das war nicht so. Er fasste sich ans Kinn und erkannte sofort, was der Spieß beanstanden würde, bevor er auch nur seine Meldung heraus hätte. Die eingesparte Zeit bei der Aufsicht gab ihm die Möglichkeit, die Rasur zu vollenden.

06:45h, der Spieß betrat die Kompanie. Der UvD machte seine Meldung und erwähnte auch den Schaden in der Toilette im 1. Stockwerk. Uffz Xantner machte im Anschluss seine Meldung über den Zustand der Toilette, wie er ihn anlässlich des Revierreinigens vorgefunden hatte und meldete den Verschluss zwecks Begutachtung durch den Vorgesetzten. „Na, Xantner, dann geben Sie mir mal den Schlüssel. Ich werde dem Chef Meldung machen wenn er kommt, bis dahin Dienst wie vorgesehen." Die Unteroffiziere gingen ihren dienstlichen Verpflichtungen nach und der Spieß sah sich die Sauerrei im 1. Stock an.

07:00h, Parole. Der Spieß verlas Diensteinteilungen, Termine und Besonderheiten des Tagesdienstes um zum Schluss auf die Entdeckung der Schweinerei im 1. Stock einzugehen. „Heute Nacht haben einige oder auch nur eine Wildsau in der Toilette im 1. Stock gehaust. So etwas habe ich in meiner 30-jährigen Dienstzeit noch nicht gesehen. Ich gebe jetzt dem Täter die Chance, sich freiwillig zu melden und für sein Handeln einzustehen." Aufmerksames Schweigen machte sich breit und der Kompaniefeldwebel schaute ernst auf seine Männer, aber es geschah nichts. Keine Hand reckte sich heroisch zum Himmel und keine glockenhelle Stimme erklang um sich schuldig im Sinne der Anklage zu bekennen. „Wenn sich keiner meldet, wird die Sache auch nicht leichter, eher unangenehmer. Ihr habt Zeit bis zum Eintreffen des Chefs, euch das zu überlegen. – Zugführer übernehmen und anfangen mit Dienst." Sprach´s und verschwand im Kompanieblock.

08:00h, der Chef, ein Major, betrat die Bühne, sprich die Kompanie. Der Spieß machte Meldung und der Chef befahl erneutes Antreten der Kompanie um ½ 9 Uhr. „Kompanie – still! Richt euch! – Zur Meldung an den Kompaniechef – Augen – rechts!" Der Spieß schaute die Reihen entlang, ob auch alle ordentlich standen und machte dann die Meldung. „Herr Major, 3. Kompanie mit 68 Soldaten, 8 Unteroffizieren und 6 Feldwebeln angetreten!" Der Chef schaute ernst auf die ihn fixierenden Männer. „Guten Morgen Männer!" „Gu-ten Mor-gen, Herr Major!" „Rührt euch! Männer, heute Nacht ist eine unglaubliche Sachbeschädigung passiert. Im 1. Stock wurde eine Toilettenschale zerstört und der ganze Dreck liegen gelassen. Der Kompaniefeldwebel hat mir gemeldet, dass niemand die Verantwortung dafür übernehmen will. Das ist für Soldaten unwürdig. Ich verstehe, dass manchmal etwas zu viel getrunken werden kann. Ich verstehe, dass dabei auch einmal ein Schadensfall eintritt. Ich habe aber als Soldat kein Verständnis dafür, dass der Täter nicht zu seinem Handeln steht. Es ist jetzt 08:35h. Ich gebe dem Täter Zeit bis 09:00h sich beim Kompaniefeldwebel oder mir zu melden. Danach werde ich andere Maßnahmen ergreifen. Hauptfeldwebel, übernehmen." „Übernehmen, jawohl!" „Sie haben gehört, was der Chef gesagt hat. Dem ist nichts hinzu zu fügen. Gehen Sie in sich. – Auf die Dienstposten weggetreten!"

09:00h, erneutes Antreten der Kompanie. Spieß meldet Chef, Chef tritt wieder vor die Kompanie. „Ich stelle fest, dass der Täter nicht den Mumm besessen hat, sich zu melden. Nehmen Sie zur Kenntnis, dass ich sehr verstimmt bin. Mein Befehl lautet daher: Kompanie bleibt angetreten. Aufsicht Oberfeldwebel Hurtig und Feldwebel Krass.

Hauptfeldwebel, Sie nehmen Ihren Schreiber und vernehmen die Soldaten, ich werde mit Uffz Müller ebenfalls Vernehmungen führen. Uffz Peters, Sie sind Verbindungsmann und geleiten die Vernommenen in die Kantine und bringen den Soldaten, den ich Ihnen benenne zur Vernehmung. Aufsicht in der Kantine ist Fw Pelzig." Chef und Spieß gingen auf ihre Dienstzimmer und der Uffz Peters nahm seine Position ein. Sprechen wurde untersagt und die Vernehmenden gingen nach Kompanieliste vor.

Von der Vernehmung ausgenommen waren nur Heimschläfer, also Soldaten, die nicht mehr in der Kaserne schlafen mussten. Das waren die verheirateten Soldaten. Soldaten, die nachweislich Urlaub hatten oder aus anderen Gründen nicht die Nacht in der Kaserne waren wurden ebenfalls ausgenommen. Die Vernehmungen schleppten sich über den ganzen Tag und wurden nur durch die Nahrungsaufnahme unterbrochen. Dabei wurde die Kompanie zum essen geführt, hatte zusammen zu sitzen und sofort nach dem essen ging es wieder zurück zur Kompanie, wo wieder angetreten wurde und die Vernehmungen gingen weiter.

Ab 18:00h wurde uns gestattet in der Kantine zusammen zu sitzen. Natürlich machten die tollsten Gerüchte die Runde. „Der Chef hat den Täter schon, aber er will noch Details wissen." „Ne, die haben bis jetzt nur ein paar

Ausschlüsse, aber den Täter haben sie noch nicht." „Der Chef macht die Nacht durch, bis er den Täter hat." „In dem seiner Haut möchte ich nicht stecken, es kommt ja doch raus." „Ne, die paar die es wissen, die halten dicht. Das waren bestimmt Unteroffiziere." Und so ging es weiter, bis 22.00h. Dann wurde verkündet, dass die Vernehmungen abgebrochen würden. Zapfenstreich war 22:30h. UvD war der gleiche Uffz, wie den Tag zuvor.

Die Vernehmungen gingen den nächsten Tag weiter, jedoch wurden immer mehr Soldaten von der Vernehmung ausgeschlossen, weil sie als Täter nicht in Frage kamen oder einfach nichts wussten. Auch am dritten Tag wurde weiter vernommen, aber das Ergebnis blieb aus. Für uns war klar, dass der oder die Täter dicht hielten und dass keiner der üblichen Schleimer etwas mitbekommen hatte.

Am Abend des dritten Tages stellte sich der Kompaniefeldwebel vor die Kompanie und gestand ein, dass man so wohl nicht zu einem Ergebnis kommen würde. Er machte daher einen Vorschlag zur Güte. Er bot demjenigen, der sich zu der Tat bekennen würde Straffreiheit an, wenn dieser im Gegenzug die eine neue Toilettenschale bezahlen würde. Jetzt ging das Getuschel los. Der Spieß ließ die Kompanie auf die Stuben wegtreten und befahl erneutes Antreten für 19:00h.

19:00h, die Kompanie war erneut angetreten und ein sichtlich gelöster Chef trat vor die Kompanie. „Männer, es hat lange gedauert, der Täter wurde nicht gefunden sondern hat sich gestellt. Das hätten Sie einfacher haben können, aber sei es drum. Spieß übernehmen, Feierabend." „Ihr habt den Chef gehört. Kompanie – stillgestanden. In die Unterkunft wegtreten."

So hatte der Chef sein Gesicht gewahrt, der Täter die Strafe umgangen und der Frieden war wieder eingekehrt.

Lloyd Alexander
- Die Wandlung

Die Spezialgrundausbildung stand angetreten auf der Straße vor dem Kompanieblock. Es war Oktober und schon empfindlich
kalt. Der Ausbildungsleiter, ein kriegsge-
dienter OFw der alten Art, stand in Front zu
dieser kleinen auserwählten Gruppe. Man
hatte Respekt vor diesem Mann, der so
vieles erlebt hatte.
„Meine Herren, jetzt steht Formalausbildung
an. Es kann sehr einfach sein. Sie konzen-
trieren sich und stellen mir eine disziplinierte
Haltung vor, dann können wir auch frühzeitig
wieder in der warmen Stube sein, oder Sie
machen es nicht und wir bleiben solange in
der Kälte, bis alles klappt."
OFw Tschimalla war nicht nur kriegsgedient,
sondern auch Ostpreuße. Seine Anforde-
rungen waren hoch. Die jungen Soldaten
waren froh, nach der Grundausbildung in
einer normalen Einheit zu dienen und hatten
sich bereits völlig akklimatisiert, was den Ton
und die lockere Haltung anbetraf. Sehr zum
Leidwesen des OFw, der nicht nur gute
Leistungen im Fach sondern auch stramme
Soldaten unter seinem Kommando haben
wollte. Aus diesen unterschiedlichen
Einstellungen ergaben sich naturgemäß
Konflikte. Zu dieser Zeit war das für die
jungen Soldaten alles Andere als auf die
leichte Schulter zu nehmen. So ein Fuchs

wie der OFw konnte wirklich unangenehm werden.

Das Wetter war nicht rosig im Beginn des Monats Oktober, wenngleich zeitweise die Sonne noch hinter den Wolken herauskam. Die Temperaturen waren um 12° C aber für den Mantel war es noch zu früh, es war noch kein 15. Oktober. Die Soldaten marschierten auf Kommando des OFw in Richtung des Formalausbildungsplatzes, der schlicht das Gelände der KFz-Hallen oder die Kasernenstraße war. Der Anzug für die Formalausbildung war der kleine Dienstanzug mit Stahlhelm. Damals allerdings dargestellt durch den Innenhelm des amerikanischen Helmes, den die Soldaten trugen. Viel klappte nicht und der OFw fluchte nicht schlecht von „Rotärschen", „Sauhaufen" oder seinem Lieblingsausdruck „Lergen", die nicht taten, wie es die Vorschrift vorsehe. Die Soldaten waren unlustig und der OFw wurde immer ungenießbarer und so kam was kommen musste, dem OFw platzte der Kragen.

„Nach rechts wegtreten, Marsch, Marsch!" Die Marschordnung löste sich nach rechts auf, lief im Laufschritt und wartete auf den nächsten Befehl. Der kam, kaum dass sich die Marschordnung aufgelöst hatte: „In Marschordnung antreten, Marsch, Marsch!" Nun hören die Menschen unterschiedlich schnell. Die einen liefen noch „nach rechts", während die anderen bereits den zweiten

Befehl umsetzten. Die Folge war kurzfristiges Chaos. Dieses Spiel wiederholte der OFw ein paar Mal, ohne dass der Zug seiner Meinung nach den Befehlen schnell genug nachkam. Nach einer gewissen Zeit kam in dieses Chaos der Befehl: „Lergen, ihr seid ein frisch gevögelter Hühnerhaufen, aber keine Soldaten. Nach links wegtreten, Marsch, Marsch!" Eine erkennbare Ordnung war noch nicht wieder hergestellt. Die aufmerksamen Soldaten sprinteten bereits nach links, die Begriffsstutzigen blieben stehen, um zu verdauen, was gerade befohlen worden war und die gleichgültigen setzten sich nach rechts in Bewegung, weil sich beim Militär eh vieles wiederholt. Auf diese Art war für ein quirliges Knäuel wieselnder und statischer Elemente gesorgt. Mit viel innerer Freude aber mit gewaltigem Fluchen wurde diese Situation vom OFw quittiert. Jetzt kam der alles entscheidende Befehl: „Achtung!" Bei diesem Kommando wurde vom Soldaten verlangt, dass er sofort Front, das heißt mit dem Gesicht zum Vorgesetzten, Haltung, annahm. Natürlich wurde das viel zu langsam durchgeführt und es kam wieder der Befehl: „Nach rechts wegtreten!" Der sofortige Befehl zur Umkehr oder ein ähnlicher Befehl wurde aber nicht gegeben. Also mussten die Soldaten weiter laufen. Nach ca. 40m kam eine Kokshalde von 30m Höhe und über eine Breite von 100m. Die Schnellsten verhielten und schauten auf den OFw. „Weiter!"

donnerte es von hinten und so fingen die Soldaten an, den Kokshaufen zu erklettern. Als alle im Kampf mit dem rutschenden Koks waren, kam der Befehl „Volle Deckung!" Dies hieß für die Soldaten, sie mussten sich im Koks auf den Bauch legen und die Waffe in der Armbeuge halten, Gesicht nach unten. Jetzt kam der Befehl: „Achtung!" Im Koks war keiner in der Lage ein passables Stillgestanden zu produzieren, was dem OFw natürlich klar war, er aber mit deftigen ostpreußischen Flüchen quittierte. „In Linie antreten!" Nach dem Antreten kam die Standpauke: „Ich habe mir lange genug angesehen, wie ihr unlustig die Zeit herumbringen wolltet, jetzt werden andere Seiten aufgezogen! Wenn etwas nicht klappt, machen wir es solange weiter, bis es klappt. Die Kokshalde ist nicht aus der Welt, und die Punkte des Dienstplanes werden abgear- beitet." Zu der Zeit gab es noch keine Dienstzeiteinschränkungen und der Zug- führer konnte den Dienst ohne Genehmigung durch den Kompanie-Chef bis zu einer Stunde ausdehnen. Also gaben sie sich Mühe und konnten auch mit nur geringer Verspätung in die Unterkunft einrücken und zum Abendessen kommen. Nicht, dass das etwas in Bezug auf das Abendessen ausgemacht hätte, wenn die Verspätung größer gewesen wäre. Das gab es immer bis wenigstens 19:00 Uhr und mit Meldung durch den KpFw auch später noch. Schließlich wollte man aber noch in die Stadt. Die Mietzen warteten doch ab 19:30 Uhr in der Milchbar.

Diese starke militärische Vorführung des OFw und seine gesamte Haltung den Soldaten gegenüber schrien nur so nach einem Streich. So kam es, dass der Gedanke aufkam, dem OFw mal eins auszuwischen. Zu dieser Zeit gab es in der Kompanie nur 3 private Autos. Eines hatte der Chef, einen VW Käfer, eines der KpFw, auch einen VW Käfer und eines der OFw, einen Lloyd-Alexander. Dieses Auto wurde im Allgemeinen nur Plastik-Bomber genannt, weil er aus einer Art Pappe bestand und sehr leicht war. Schnell war klar, es sollte den Plastik-Bomber treffen. Natürlich durfte kein Schaden entstehen, denn keiner hätte das gewollt. Es war bekannt, dass im Speisesaal eine Bühne war, weil auf Ihr zum Abschluss der Spezialgrundausbildung immer ein Fest mit Vorführungen der Soldaten stattfand. Als nun der OFw einmal beim KpChef war, wurde das Auto auf sechs Schultern geladen und zum Speisesaal getragen und auf die Bühne gehievt. Der Vorhang ging wieder zu und das Auto war fort.

Am späten Nachmittag erkannte der OFw, dass sein Auto verschwunden war. Ihm war sofort klar, dass nur Soldaten die Täter gewesen sein konnten. Also trat die Kompanie an und er hielt eine Rede. „In Ihren Reihen sind ein paar ganz schlimme

Finger, die sich an meinem Auto vergriffen haben. Wiegen Sie sich nicht in Sicherheit. Ich werde die Täter ermitteln und dann gibt es Ärger für die Betroffenen. Wenn meinem Auto nur das Geringste fehlt, werde ich die Täter zum Schadenersatz heranziehen. Jeder, der von dieser kriminellen Tat weiß, ist verpflichtet mir oder dem KpFw sein Wissen zu offenbaren. Besser Sie melden sich noch heute, ehe ich die Polizei einschalte."

An diesem wie auch den nächsten zwei Tagen meldete sich niemand. Am dritten Tag bot er freiwillig einen Kasten Bier für den oder diejenigen, die ihm etwas über den Verbleib seines geliebten Autos sagen konnten. Eine Schuldforschung sollte es auch nicht mehr geben. So geschah es, dass am Nachmittag ein Soldat vorsprach. „Herr Oberfeldwebel, ich habe ein Gerücht gehört. Ihr Auto soll in der Kantine stehen. Aber meiner Meinung kann das nicht stimmen, denn heute am Morgen hat da noch kein Lloyd gestanden." „Na, Jungchen, wenn das stimmt, hast´ Dir ´nen Kasten Stubbies verdient. Lass uns mal sehen." Man ging gemeinsam in den Speisesaal und nach einigem Nachdenken fiel dem OFw der Vorhang auf. „Zieh mal den Vorhang zurück, Gefreiter!" und so fand er sein Auto.

Wie aber sollte man das Fahrzeug da herunterholen? Für zwei Personen war selbst dieses Leichtgewicht zu schwer. Also kam die Frage, ob seine Stubenkameraden nicht so freundlich sein und ihm das Auto auf die Straße tragen würden. Natürlich gegen einen weiteren Kasten Bier. Das wurde geregelt. Der OFw konnte wieder als stolzer Autobesitzer nach Hause fahren und die Soldaten der Spezi hatten einen bierhaltigen Abend und ihre Genugtuung.

Es wurde überliefert, dass der OFw danach eine ganze Zeit etwas weniger hart den Soldaten gegenüber auftrat. So wurde wenigstens zeitweilig aus dem Schleifer Platzek der umgängliche Kamerad Asch.

Hausfrauenstolz
- Wie man sich täuschen kann

Es war März und es gab schon ein paar angenehme Tage, als der Unteroffizier-anwärterlehrgang sich dem Ende zuneigte. Nur noch wenige Tage, dann sollte es zurück in die Einheiten gehen. Soldaten sind gesellig und kontaktfreudig, zumal wenn sie jung sind. Ein schon 21 Jahre alter Gefreiter hatte die Zeit genutzt und in der Stadt zumindest eine Bekanntschaft geschlossen, die über den Tag andauerte. Jetzt, zum Ende des Lehrganges, wollte die Mutter der Angebeteten einmal die Stubenkameraden kennenlernen, von denen unser Soldat anscheinend viel erzählt hatte. Es erging also eine Einladung an die Stube 34 zum Kaffeetrinken. Alle bügelten ihre Uniform auf und das letzte frische Hemd wurde aus dem Schrank geholt, um sich nicht zu blamieren und angenehm aufzufallen. Natürlich wurde damit gerechnet, dass man noch rechtzeitig in der Milchbar zu den Mädels kommen könnte, bevor uns der Zapfenstreich zurückrufen würde.
Pünktlich um 15:30 Uhr standen wir zu sechst vor der Tür und klingelten. Die Hausfrau öffnete und wurde artig mit einem Strauß Blumen, klein aber von Herzen, begrüßt. Sie war sehr angetan von unserer Artigkeit und bat uns freundlich in die gute Stube. Natürlich war es schon ein modernes Wohnzimmer, in dem gelebt wurde und das nicht wie bei unseren Großeltern den Gästen vorbehalten war. Die Atmosphäre war

harmonisch und die Tochter des Hauses trug den Kaffee auf. Das Zimmer schien größer als unsere Stube in der Kaserne und war nach dem Geschmack der Zeit eingerichtet. Die Möbel waren Louis XIV, aber neu. Die Gardinen blendend weiß und die Stores roter Samt. Ein roter Perser lag unter dem Tisch und die Glasplatte ruhte auf einem Geflecht aus Rohr, dessen Muster sich in den Stuhllehnen wiederholte. Die Lampe war ein richtiger Kronleuchter und verbreitete ein sehr warmes Licht im Wohnzimmer. Eine schwere Damastdecke war unter dem Hutschenreuther Geschirr aufgelegt und alles atmete gediegene Sauberkeit und wohlbehütetes Bürgertum. Das Gespräch war etwas formell, lockerte aber dank des Charmes der Gastgeberin schnell auf. Von allgemeinen Themen lenkte sie bald das Thema auf die Bundeswehr im Allgemeinen und den Lehrgang im Besonderen. Dankbar nahmen wir dieses Thema an, denn da konnten wir ja etwas erzählen, was nicht allgemein bekannt war. Es ging um die erwartete Karriere, die Wünsche für das spätere Leben und natürlich auch um das Leben auf dem Lehrgang. Wir sprachen über die Kost, Kantine und die Härte eines Lehrganges. Das Thema plätscherte über auf unsere nicht so männlichen Pflichten wie Nähen, Bügeln und Putzen. Hell klang das Lachen unserer Gastgeberin durch unsere Geschichten. Auf einmal erzählte ein Kamerad über die Tricks der Ausbilder beim Stubendurchgang, um uns hereinzulegen. Da hörte ich den Satz: „Da hätten die Herren bei mir aber Pech. Bei mir gibt es keinen Schmutz!" Ich war hellwach. Wie bitte, es sollte hier keinen Schmutz geben, den ein Unteroffizier vom Dienst oder Ausbilder finden könnte? Mein Mund schaltete sich ein, bevor ich nachgedacht hatte: „G`nädige Frau, um Dreck zu finden, müsste ich nicht einmal vom Sofa aufstehen. Es gibt immer und überall Schmutz, den man nicht sofort sieht." Bums, es war heraus und ließ sich nicht zurückholen. Die Dame des Hauses gab mir noch eine Chance zum Rückzug, aber mit 19 Jahren weiß man so etwas noch nicht und denkt auch nicht an Rückzug. „Also, junger Mann, Ihre Fähigkeiten als Unteroffizier oder wie das heißt in Ehren, aber bei mir fänden Sie nichts."

Alles war still und schaute gebannt auf mich. Besonders das junge Mädchen hatte erschrocken geweitete Augen. Demonstrativ fasste ich mit ausgestrecktem Finger auf die Verzahnung der Tischecken unter der Tischplatte. Dort hatte uns der Ausbilder schon in der ersten Woche eine todsichere Dreckecke gezeigt. Das Ergebnis überraschte nicht nur unsere charmante Gastgeberin sondern auch mich. Der Finger war einen halben Zentimeter voll schwarzem Schmutz. Totenstille. Mein „Donnerwetter" verbesserte die Stimmung nicht. Ungelenk entschuldigte ich mich und versuchte das Thema zu wechseln und wischte den Staub verstohlen in mein Taschentuch, aber es wollte keine ungezwungene Stimmung mehr aufkommen und so verabschiedeten wir uns sehr bald danach.

Einige Kameraden waren stinksauer auf mich und es fiel auch das Wort vom schädigen des Ansehens der Bundeswehr in der Öffentlichkeit, was aber zurückgenommen wurde, da es ja nicht so öffentlich war. Dennoch fand alles ein versöhnliches Ende, als der Kamerad, der uns die Einladung verschafft hatte sagte: „Lasst man sein, so hat das ein Ende mit der Kleinen. Jetzt brauche ich mir nichts mehr einfallen zu lassen, warum ich das Verhältnis beende!"

So stand ich nicht mehr ganz so als Zerstörer eines netten Nachmittages da und alles lachte über diese Wendung.

Das Abschlussessen
- OG Schmid überrascht seine Kameraden

Der UAL neigte sich dem Ende zu. Alle Ausbildung lag hinter ihnen und die Prüfungen waren abgehakt. Am nächsten Tag sollte es die Zeugnisse geben und der Rückmarsch in die Einheiten würde folgen. Alle fieberten diesem Tag entgegen, hatte doch keiner bisher die Sicherheit, auch bestanden zu haben. Nach der letzten Stunde im Lehrsaal kam der Lehrgang noch einmal zusammen. Der Lehrgangsleiter, ein Hauptmann, der ob seiner Kampferfahrung im zweiten Weltkrieg hoch geachtet war, hatte die UA`s noch zu einer Aussprache zusammengerufen. Nach ein paar einleitenden Worten, die sich auf das Lehrgangsende bezogen, sagte er: „Dieser Abend gehört dem Lehrgang und ich möchte, dass Sie sich alle zum gemeinsamen Essen mit anschließendem Beisammensein einfinden. Als Treffpunkt habe ich den BERGISCHEN HOF ausgesucht. Wir treffen uns dort um 20.00 Uhr frisch gewaschen, mit sauberer Uniform und im weißen Hemd." Der Ausbilder brüllte: „Achtung!", der Hauptmann verließ den Lehrsaal und die Soldaten schauten sich überrascht an.

Der „Lord" legte halt Wert auf „Stilchen und Förmchen", wie die hohe Schule des Kasinos bei den Landsern etwas verniedlichend aber nicht ohne Achtung, genannt wurde. „Lord" hieß der Hauptmann, weil ihm die Engländer diesen Titel wegen seines untadeligen Benehmens und seiner aristokratischen Art aufzutreten, in der Gefangenschaft verliehen hatten. Dies war in der Kaserne allgemein bekannt und mit so einem kurzen Spitznamen kann man sicher sein, dass er einem auch erhalten bleibt. Noch fast dreißig Jahre später, als dieser Hptm als OTL in Pension ging, hieß er, zumindest bei den älteren Offizieren, immer noch der „Lord". Daher sagte er auch nicht einfach „Abschlußbier" sondern benutzte das englische „Beercall". Zu der Zeit waren englische Ausdrücke in der Bundeswehr, aber auch noch in der zivilen Gesellschaft, eher selten.

Die letzte Stunde des Tages war sinnigerweise eine Putz- und Flickstunde, wie es passender nicht hätte sein können, denn der eine oder andere hatte noch mächtig zu tun mit nicht mehr sauberen Hemden und ungebügelten Hosen. Der alte Witz der Nutzung eines „relativen" Hemdes, das relativ sauberste wird jeweils getragen, blieb ein Witz. Nur wer schon einmal ein schmutziges Hemd zwei Stunden vor Gebrauch gewaschen und mit dem Fön getrocknet hat, weiß sich die Betriebsamkeit auf dem Flur des Lehrganges vorzustellen. Zum Bügeln musste der Stubentisch herhalten. Eine Decke aus dem Bett war Unterlage. Nach dem Bügeln war

Schwitzwasser auf dem Tisch und die Decke musste bis zur Nacht schnell trocknen! Meist fehlte noch ein Knopf oder in der Socke war ein Loch, es gab immer jede Menge zu tun und damals machte man das noch selber. Glücklich, wer ein Mädchen hatte, die sich um diese Dinge kümmerte, aber bei so einer Blutsturzaktion wie dieser kamen die Mädel zu spät und alle Mängel gnadenlos zum Vorschein.

Die Kaserne lag etwa 20 Minuten von dem gutbürgerlichen Lokal entfernt und so machte man sich bei Zeiten auf den Weg. Ein Auto hatte keiner der jungen Soldaten, man maß die Entfernungen noch in Gehminuten und nicht in Km mit dem Auto.

Pünktlich um 20.00 Uhr begrüßte uns der Hauptmann und stellte zufrieden fest, dass alle gekommen waren und sich keiner gedrückt hatte. „Besonders freue ich mich, dass der Obergefreite Schmid auch da ist, stand er doch mit der Pünktlichkeit während des Lehrganges auf Kriegsfuß." Sagte noch ein paar Worte der allgemeinen Begrüßung und gab dem Wirt das Zeichen, die Suppe aufzutragen. Das Essen verlief in gelockerter und harmonischer Atmosphäre, fand doch der Lehrgangsleiter während des Essens für jeden der Soldaten ein nettes Wort. Als die Reste abgetragen waren, stand der Hauptmann auf und verkündete, das nunmehr der offizielle Teil zu ende sei. Er für seinen Teil wolle jetzt eine schöne Zigarre rauchen und befahl „Marscherleichterung", was hieß, der Jackenzwang wurde aufgehoben, natürlich einheitlich für alle.

Am unteren Ende der Tafel entstand Unruhe. Zunächst fiel es keinem so richtig auf, aber als sich die Geschäftigkeit des Stühlerückens und Jackeaufhängens gelegt hatte, wurde unten am Tisch weiter heftig getuschelt Schließlich fragte der Hauptmann nach der Ursache. „Der Obergefreite Schmid will die Jacke nicht ausziehen!" kam die prompte und klare Antwort. „Ja, Mensch Schmid, Sie wollen doch sicher nicht, dass wir alle nur wegen Ihnen die Jacke wieder anziehen müssen?"

„Natürlich nicht, Herr Hauptmann, wegen mir soll keiner die Jacke wieder anziehen müssen, aber ich würde meine Jacke gerne anbehalten." So ging ein Argument hin und ein anderes her, bis der OG Schmid den Tränen nahe war und sich wand wie ein Aal. „Also Schmid, jetzt mal eine klare und militärische Antwort: Warum wollen Sie die Jacke nicht ausziehen?" „Ich habe doch keinen Rücken im Hemd!" sprudelte es aus dem Kameraden heraus. Es verschlug allen den Atem. Sollte Schmid so ein Möbel wie ein Chemisett und Ärmelstulpen tragen, wie es vor dem ersten Weltkrieg im Gebrauch war? Nein, die Erklärung war viel menschlicher und dem Wesen von Schmid entsprechend. „Wie meinen Sie das, keinen Rücken im Hemd? Tragen Sie ein

Chemisett?" „Nein, das nicht, aber es war so. Als ich schon fast fertig war zum Weggehen, war ich schon spät dran. Da stellte ich fest, dass ich vergessen hatte, meine Schuhe zu putzen. Mein Schuhputzzeug fand ich nicht und so habe ich kurzerhand den Rücken aus dem Hemd genommen und damit die Schuhe geputzt. Ich wollte doch einmal pünktlich sein und auch militärisch korrekt auftreten. Normal darf man doch bei solchen Anlässen die Jacke nicht ausziehen."

Ob dieser ehrlichen aber nichtsdestoweniger überraschenden Erklärung durfte Schmid an diesem Abend als einziger die Jacke anbehalten, schon alleine um das Ansehen der Bundeswehr nicht zu schädigen. Mit diesem Vorfall trug OG Schmid sehr zur Fröhlichkeit zu Beginn des Abends bei und war damit maßgeblich am Gelingen der Abschlussfeier beteiligt.

Diese Geschichte hielt sich lange in der Kaserne und verhalf Schmid zu einiger Berühmtheit. Schmid jedoch empfand dies nicht so schlimm. Er war seiner Zeit um Jahrzehnte voraus. Das Ausleben der Persönlichkeit mit allen Ecken und Kanten war damals noch nicht en vouge, er aber tat es schon.

Die Milchkuh

- Wie die Verwaltung mit wesentlichen
Dingen beschäftigt werden kann.

Es war in den 60er Jahren und der Soldat war kein Großverdiener. Der Sold war knapp bemessen und ein verheirateter Unteroffizier hatte es wahrlich schwer, seine Familie durch den Monat zu bringen. Die Verwaltungsvorschriften mit der Truppenverwaltung machten es dem Landser auch nicht einfacher und wie es so schön heißt, im Frieden ersetzen die StOV und die Truppenverwaltung den Feind. Von diesem Gedanken war auch ein StUffz beseelt, der von der Truppenverwaltung nicht immer erhielt, was er glaubte bekommen zu müssen. Da kam ihm eine Idee, wie man die StOV mit Dingen beschäftigen könne, die nicht so einfach mit den gängigen Paragrafen abgelehnt werden könnten. So schrieb er dann folgenden Antrag:

Stabsunteroffizier 27345 Rotenburg, 20.07.1962
Walderesch Zevener Str. A
2. FmBtl 120

An die
StOV
27345 Rotenburg
Lent-Kaserne

Betr.: Sicherstellung der Versorgung meiner Familie
hier : Antrag auf Genehmigung zur Weidung
einer Kuh hinter dem KpGeb

Sehr geehrte Damen und Herren!
Ich bin im 5. Dienstjahr Soldat und seit anderthalb Jahren verheiratet. Am 17.02.1962 brachte meine Frau unser Töchterchen Lotte zur Welt. Seit dieser Zeit ist das Geld sehr knapp geworden und ich muss dafür sorgen, dass meinem Töchterchen es an nichts fehlt. Die Milchpreise haben deutlich angezogen und meine Schwiegermutter hat mir deshalb eine ihrer Kühe zur Eigennutzung überlassen. Da ich aber über keine Weide verfüge, beantrage ich hiermit, meine Kuh hinter dem KpGeb auf dem Rasen weiden lassen zu dürfen. Auch die StOV hätte einen Vorteil davon, weil dann diese Rasenfläche nicht mehr gemäht werden müsste. Ich bitte um schnellstmöglichen Entscheid. Für eine positive Entscheidung wäre ich dankbar.

Mit freundlichen Grüßen

Walderesch
Stabsunteroffizier

In der StOV begann es zu summen. Der Sachbearbeiter ging zum Dezernatsleiter und der befragte Kollegen, wie man in einem solchen Fall verfahren könne, aber es gab keinen Präzedenzfall. Nun wurde der Leiter der StOV bemüht, denn es heißt ja, wem Gott ein Amt gegeben, dem gibt er auch

Verstand. In diesem Fall war es wohl nicht Gott, der das Amt verliehen hatte, denn auch dieser Herr fand zeitnah keine Lösung und behielt den Vorgang zunächst bei sich. StUffz Walderesch erhielt eine Eingangsbestätigung. Das Problem war damit für die StOV aber nicht vom Tisch. Es dauerte sehr lange, da wurde unser StUffz zur StOV gebeten, um seinen Antrag noch einmal zu erörtern. Kein Argument konnte ihn von seinem Vorhaben abbringen. „Wie stellen Sie sich denn vor, dass die Kuh über Nacht in der Kaserne ist?" „Nein, das passiert ja nicht. Jeden Abend nehme ich die Kuh natürlich mit zu mir nach hause und morgens bringe ich sie wieder mit." „Wollen Sie die Kuh denn in der Kaserne melken?" „Das macht doch kein Problem. Sie wird morgens vor dem Dienst gemolken und dann erst wieder am Abend, wenn ich zuhause bin." Man kam nicht zu einem Ergebnis und so wabberte der Antrag durch die StOV.

Monate nach der Einreichung des Antrages fand die Wehrbereichsverwaltung ein Argument, den Antrag abzulehnen. Die Antwort des Stuffz darauf war dann nur: „Ach, ja, die Kuh, die haben wir geschlachtet, das Kind muss ja auch essen!"

§ 78
- Der kriegstaugliche Schirrmeister

Es war mal wieder soweit, der §78 stand an. Das gesamte technische Gerät wurde nicht nur auf Vollzähligkeit sondern auch auf Funktion und Sauberkeit überprüft. Der KpChef machte sich Gedanken über den Ablauf und die Steuerung, um den Prüfern sowenig Ansatzpunkte für Beanstandungen zu geben als möglich. Als Erstes wurde natürlich ein Vollzähligkeitsappell angesetzt und dabei den Teileinheitsführern auch die Sauberkeit und Funktion ans Herz gelegt. Das Ergebnis stand fest und sah auch nicht schlecht aus, so würde man den § gut überstehen und ein ordentliches Prüfergebnis beim Kommandeur vorlegen können.
Ein gutes Gewissen ist ein sanftes Ruhekissen, aber beim Militär weiß man auch, Reserven müssen immer und überall gebildet werden. Dieser Grundsatz aus der Taktik ist in einer Friedensarmee akademisch und hat keinen Wert, wenn es um Bürokratie geht. Der § 78 aber ist etwas bürokratisches, auch wenn es dem Zweck dient, die Einsatzfähigkeit gemäß den Vorgaben zu überprüfen. Soldaten sind Individualisten und trotzdem meist diszipliniert, was ihrer Erziehung geschuldet ist. Manchmal aber gibt es auch die Schlitzohren, die Lackl oder ganz Gewitzten, je nach Blickwinkel. Der Schirrmeister, um den es hier geht, passte

genau in die Kategorie „Schlitzohr". Er war erfahren und hatte schon viele Überprüfungen über sich ergehen lassen und meist war es gut ausgegangen. Die Chefs hatten oft wenig Ahnung von den Möglichkeiten die man so als Schirrmeister hat und den Prüfern konnte man, wenn man geschickt war, einen Türken bauen. Mit dieser Haltung machte sich auch unser HFw daran, den § 78 vorzubereiten. Die Papiere auf Vordermann zu bringen war kein Problem, da hatte der Chef schon ein Auge drauf gehabt und da bedurfte es nur weniger Korrekturen. Anders sah es da beim Material aus. Nicht, dass hier geschlampt worden wäre, nein, das hätte er nie durchgehen lassen. Stets nach Möglichkeit alles Gerät einsatzbereit auf dem Hof stehen zu haben, das war seine Ehre. Die Erfahrung jedoch lehrte ihn, dass es immer im Bereich der Möglichkeit war, dass ein plötzlicher Ausfall eines Fahrzeugs die ganze Planung über den Haufen werfen konnte. Dafür hatte er vorgesorgt und fast alle Soldaten seines Bereiches waren Kfz-Schlosser, Kfz-Elektriker oder Lackierer etc. pp. Kleinere Reparaturen, die nicht zwingend in die Instandsetzung geliefert werden mussten, konnte er mit „Bordmitteln" wie es so schön heißt selber vornehmen. Dafür aber braucht man Ersatzteile, die oft erst nach Wochen zu beschaffen waren. Für so etwas braucht man die „Schwarzen Bestände", die natürlich verboten waren. Wenn der Chef auch die Augen zudrückte wenn es um Reparaturen ging, so wusste der Schirrmeister doch, dass er unter keinen Umständen schwarze Bestände dulden würde. Nun war guter Rat gefragt, hatte er doch „Tauschobjekte" und Überbestand in Form eines dreifach ausgestatteten Instandsetzungs-Kfz. Nicht nur der Inhalt, nein gleich das ganze Fahrzeug, ein UNIMOG mit Kastenaufbau, war Überbestand. Also wurde ein Plan ausgedacht, um diese Teile über den § 78 zu retten, ohne dass Chef und Prüfer etwas merkten. „Hey, Kalle," so hieß sein Adlatus, ein älterer Stabsunteroffizier, „den Motor lagern wir wie Schrott in der hinteren Ecke von Halle 2 und decken ihn mit einer Plane ab. Da sieht ihn niemand und die Erklärung - Schrott - ist einleuchtend." So geschah es und der Motor wurde unsichtbar. „Gefreiter Mosleichner, schreiben Sie einmal einen Fahrbefehl - ohne Nr. und Eintrag in das Kontrollbuch - für das zweite Inst-Kfz auf den OG Nausen und geben Sie ihn mir rüber." So wollte er das überzählige Fahrzeug „auf Reise" schicken. Der Prüfer würde nie erfahren, dass es ein zweites Inst-Kfz gab.

Der Chef war ein gebranntes und auch erfahrenes Kind der Truppe. Er sah sich in der Woche vor den Überprüfungen in den Teileinheiten noch einmal still um, wie auch ein Prüfer durch den technischen Bereich der Kompanie gehen würde. Es gab nur kleine

Beanstandungen und schon glaubte der Chef alles in schönster Ordnung, als er auch beim Schirrmeister, dem Verantwortlichen für die Kfz, vorbei schaute.

Im Büro war alles vorbereitet und die kleinen Beanstandungen waren in der Bearbeitung, so dass hier kein Fehler zu befürchten war. Auch der Abgleich zwischen Soll und Haben des Gerätes stimmte, nun kam die Ortsbegehung, sprich die Kfz-Hallen. Zunächst lief alles glatt und der Chef wollte schon aufatmen, dass auch dieser wichtige Bereich frei von klaren Mängeln sei, als ihm in einer Ecke einer nur mit einem Schad-Kfz (sprich reparaturbedürftigen Fahrzeug) belegten Halle ein kleiner, abgedeckter Bereich auffiel. Das Schad-Kfz wartete auf Absteuerung zur Instandsetzung und war daher kein Problem. Seine Frage nach dem was dort abgedeckt sei, wurde vom Schirrmeister mit der Bemerkung beantwortet, das sei nur Schrott. Damit gab sich der Chef nicht zufrieden, also wurde aufgedeckt. Unter der Plane kam der Motor zum Vorschein.

„Was soll das bedeuten?" „Ach, das ist nur ein alter Motor." „Das sehe ich, Sie wissen, dass wir alle technischen Teile mit Bestandsliste nachweisen müssen. Also, woher stammt der Motor?" „Nicht von uns, das ist ein Geschenk des Schirrmeisters vom PzArtBtl 85." „Was wollen Sie denn damit? Das ist Überbestand, der abgesteuert werden muss." „Na ja, Herr Hauptmann, man muss doch Reserven bilden." „Noch einmal, was ist das für ein Motor?" „Das ist `ne lange Geschichte." „Nein, ich bestehe auf einer klaren Antwort." „O.K., das ist der Motor eines HS 30."

Der HS 30 war ein Schützenpanzer aus den 50er Jahren, der Anfang der 70er ausgemustert wurde und der 1985 als leere Karosse bereits in den Depots als Unterstand für das Wachpersonal eingegraben war.

„Was in Gottes Namen wollen Sie denn mit diesem ausrangierten Motor? Da gibt es kein Fahrzeug mehr in das er passen würde und Teile passen auch nicht bei anderen Fahrzeugen." „Na ja Herr Hauptmann, da kann man auch mit tauschen, wenn uns mal etwas fehlt. Man braucht immer irgendein Teil und muss dann etwas zum Tausch anbieten können."

Der Hauptmann war geladen; dass in seiner Kompanie so etwas lagerte und er es nicht gewusst hatte. Er hielt dem Schirrmeister einen Vortrag über Sinn und Unsinn solcher Maßnahmen. Es gibt in einer Einheit kein Gerät, das nicht in der STAN aufgelistet ist. Überbestand ist abzusteuern, aber das geht nur, wenn man es vorher in seinem Bestand rechtmäßig hatte. „Kungeleien sind verboten und eigentlich müsste ich Sie jetzt bestrafen. Sehen Sie zu, wie Sie das Ding los werden, ohne aufzufallen!" Der Schirrmeister bekam einen hochroten Kopf, weil ihm der Vortrag klar sein Fehlverhalten vor Augen führte, aber er hatte ja nur für die Kompanie gehandelt, so dachte er zumindest. Es wurde befohlen, den Motor innerhalb der nächsten 8 Tage abzusteuern, zu verschrotten oder sonst wie verschwinden zu lassen.

Der Chef ging mit sorgengekräuselter Stirn zurück zur Schirrmeisterei, als ihm ein Fahrzeug auffiel, das vor der Schirrmeisterei stand. Von diesem Typ Kfz hatte er alle im Bestand der Kompanie stehenden Kfz gesehen.

„Was ist das für ein UNIMOG?" „Ach, der gehört hier nicht her, der fährt gleich wieder vom Hof." „Erzählen Sie keinen Unsinn, das ist doch klar erkennbar das taktische Zeichen unserer Kompanie." „Na ja, das ist unser Werkstattwagen. Den müssen wir nur noch einmal überprüfen." Das kam dem Chef alles zu komisch vor und er ließ sich das Fahrzeug zeigen.

„Mensch, Herr Hauptfeldwebel, da ist doch viel zu viel Werkzeug drin. Das muss bis zur Prüfung zurückgeliefert werden." „Jawohl, Herr Hauptmann." Nun fiel aber dem Chef ein, dass er ja das besagte Fahrzeug vor einer halben Stunde in Halle 4 gesehen hatte. „Sagen Sie einmal, da stimmt etwas nicht. Der Werkstattwagen steht doch in Halle 4 und der war ganz korrekt ausgestattet. Was ist das denn jetzt?" Nun kam der Schirrmeister ins Schwitzen. Er bat den Chef in sein Büro, damit die Mannschaften nichts mitbekommen sollten.

Er hatte nicht nur den HS 30 Motor sondern auch einen zweiten Werkstattwagen mit exzessiver Ausstattung besorgt, um für alle Fälle die da kommen können gerüstet zu sein. Er wusste schon, dass er auf verbotenen Pfaden wanderte, aber sah sich zum Wohle der Kompanie im Recht. Er war der Meinung, dass der Chef sich mit solchen Lappalien nicht zu befassen brauche und im Übrigen wäre das überzählige Kfz am Tage der Überprüfung auf der Landstraße gewesen und der Prüfer hätte das gar nicht gesehen.

Der Chef belehrte seinen so fürsorglichen Schirrmeister über mögliche Folgen einer derartigen Bevorratung.

„Wichtig ist es, dass das Material über die Versorgungskette angefordert wird, damit der Verbrauch auf höherer Ebene zu Bestellungen in der Wirtschaft führt. Wird das nicht ordentlich gemacht, kann es zu fatalen Folgen in der Versorgungskette führen. Damit Ihnen klar wird, was ich meine, erkläre ich Ihnen das einmal an einem Beispiel, wie es sich tatsächlich zugetragen hat.

In den 60er Jahren entdeckte ein Kompaniechef, dass in den Kellern seiner Kompanie eine Unzahl von Vordrucken für die Arbeit in der Erfassung einer Fernmeldestelle lagerte. Er befahl also, dass der Bestand dadurch verringert werden sollte, dass keine Formulare mehr in der Versorgungskette bestellt werden sollten. Das wurde auch befehlsgemäß durchgeführt. An dieser Kompanie hing aber die Versorgung weiterer Dienststellen mit diesem Formular. Da der Bestand tatsächlich abnorm hoch war, wurde über mehrere Jahre kein Formular mehr bestellt und als der Bestand bis auf einen kleinen Rest verbraucht war, bestellte der Versorgungsunteroffizier bei der zuständigen Stelle wieder dieses Formular. Die lapidare Antwort lautete, dass das Formular wegen mangelndem Bedarf aus der Versorgungskette gestrichen war und erst wieder neu in Auftrag gegeben werden musste. Dies dauerte mehr als drei Monate. Da der Bestand nur noch wenige Tage reichte, mussten die Rekruten der Ausbildungskompanie mehrere Wochen dieses Formular mit Hand zeichnen. Kopierer, die dies hätten machen können, gab es nicht und die vorhandenen Thermokopierer waren sehr teuer und nicht ausreichend. Und die Moral von der Geschichte? Richtig, Hauptfeldwebel, ein kleiner Bestand zum Wohle der Kompanie ist in Ordnung, aber derartige „Überbestände" sind schädlich für die Versorgung der Truppe."

Der Schirrmeister gab sich zerknirscht und erkannte seinen Fehler und auch hier gab es den Befehl, das Übel umgehend abzustellen. Dem Schirrmeister blutete das Herz, aber er gehorchte und der Chef wollte keine Disziplinarmaßnahme verhängen, weil der Schirrmeister mit edlem Motiv gehandelt hatte. Mit solchen Männern kann man einen Krieg überstehen, aber im Frieden sind sie eine Belastung und von der Bürokratie nicht geduldet.

Der Dienstausweis
- Wie Ronnie, der TV-Affe, StUffz wurde

In Rotenburg gab es die LENT-KASERNE. Darin waren Fernmelder, Heeresflieger und Versorger stationiert. Zu der Zeit, von der ich berichte, wurden Kasernen noch von Soldaten bewacht und nicht von der Wach- und Schließgesellschaft. Jeden Morgen und Abend drängten sich vor dem Tor die Autos der Heimschläfer, die zum Dienst kommen wollten oder wieder nach hause fuhren. Morgens war der Andrang deshalb so schlimm, weil jeder seinen Dienstausweis vorzeigen musste, um die Wache passieren zu dürfen. Das dauerte je nach der Genauigkeit der Wachposten oft zu lange, so dass die Wachhabenden den Durchsatz beschleunigen mussten, um einen Stau auf der nahen Bundesstraße zu vermeiden. Natürlich bleibt das einigen Schlitzohren nicht verborgen und schon sann unser StUffz darauf, wie man daraus einen Gag produzieren könnte. Während der NATO-Pause, wie die morgendliche Pause gegen 09:30h oder 10:00h hieß, wurde das Thema besprochen. „Ich komme bei der Wache auch mit einem Foto von Ronnie durch!" konstatierte StUffz Klawuttke. Das klappt nicht, ließ sich Uffz Petersen vernehmen. Mit einem falschen Foto vielleicht, aber mit dem Foto eines Affen? Nie! Das Gespräch wurde heftiger und nach kurzer Zeit stand eine

Wette. Wenn Klawuttke eine Woche mit einem präparierten Dienstausweis die Wache passieren könnte, sollte ein Kasten Bier fällig sein. Alle anwesenden wurden zur strengsten Geheimhaltung vergattert und Klawuttke bastelte seinen Truppenausweis um und überdeckte sein Passfoto mit dem Foto des TV-Affen. Das ganze kam in eine Plastikhülle und schon konnte die Wette beginnen. Zur Ehrenrettung des Stabsunteroffiziers soll gesagt sein, dass die Ähnlichkeit mit dem TV-Affen nicht wirklich gegeben war.

Alles war am nächsten Morgen gespannt, ob der Ausweis bereits am ersten Morgen auffallen würde und es trieben sich verdächtig viele Unteroffiziere an der Wache rum. Wegen der vielen zu kontrollierenden Autos fiel das aber nicht weiter auf. Klawuttke kam unbehelligt durch. So ging das die Woche über und der Kasten war gewonnen. Natürlich hatte StUffz Klawuttke einen Heidenspaß an der Sache gefunden und wollte nicht aufgeben sondern weitermachen, bis es auffiele. Die Kameraden setzten also Wetten, wie lange es dauern würde, bis Klawuttke mit seinem Ausweis auffallen würde. Ich weiß nicht, wer damals die Wette gewonnen hat, aber es dauerte sechs Wochen und zwei Tage, bis das Bild einem Wachposten auffiel und StUffz Klawuttke zum Kasernenkommandanten musste.

Die Postausgabe
- StUffz Klawuttke und die Menschenrechte

In den 70er Jahren wurde die Postausgabe an Rekruten durch den UvD bei der Parole nach der Mittagspause vorgenommen. Normal geschah dies unspektakulär, bis auf das eine Mal, von dem ich berichten möchte. Der UvD hatte an diesem Tage besonders viel Post auszugeben und er, als auch der GvD, waren beladen mit Briefen und Päckchen. So traten sie vor die angetretene Kompanie und das Verhängnis nahm seinen Lauf. Nach einigen Briefen und Päckchen kam ein großes Paket an die Reihe. „Funker Müller, vortreten. Sie können den A.... wieder in die Hose stecken, Ihr Kopf ist angekommen." Einige schauten etwas bedrückt, andere grinsten, der Funker nahm verstört sein Paket in Empfang und damit war es zunächst getan. Wie es so ist, hatte der KpChef die Postausgabe von seinem Dienstzimmer beobachtet und rief sofort durch einen Läufer vom Geschäftszimmer den UvD zu sich. Während der KpFw die Parole ausgab, trabte unser UvD zum Chef, sich keiner Schuld bewusst seiend. „Stabsunteroffizier Klawuttke, melde mich wie befohlen!" „Rühren Sie. Sagen Sie mal Klawuttke, merken Sie noch etwas?" „Meistens, Herr Hauptmann!" war die etwas flapsige Antwort. „Sie sind ja nicht ganz bei Trost. Was sollte denn eben bei der

Postausgabe die Sache mit Funker Müller und seinem Paket?" „Ja, das überkam mich plötzlich, weil der Funker Müller wirklich nicht so prall aussieht." „Das ist eine dicke Verletzung der Menschenwürde, Sie gedankenloser Mensch. Wenn der Funker Müller eine Meldung schreibt, stehen Sie vor Gericht. Sofort gehen Sie zurück zur Parole und wenn der Spieß fertig ist mit seiner Parole entschuldigen Sie sich und ich hoffe in Ihrem Sinne, dass der Funker das annimmt. Abflug!" Unser StUffz meldete sich ab und ging zurück zur Parole, wo der KpFw gerade befahl „Unteroffiziere austreten, UvD übernehmen und abrücken zum Dienst in den Gruppen!" Unser UvD trat erneut vor die Kompanie und ein gehässiges Grinsen umspielte seine Lippen. Er wartete noch einen Moment, bis der KpFw außer Hörweite war und dann sprach er zu den angetretenen Rekruten: „Funker Müller, vortreten. Funker Müller, ich entschuldige mich dafür, dass ich Ihnen sagte, Sie könnten Ihren A.... in die Hose stecken weil Ihr Kopf angekommen sei. Das ist nicht wahr. Ihr Kopf war nicht in dem Paket", übergab an die Gruppenführer und ging zufrieden mit seinem Handeln auf sein Dienstzimmer. Auf irgendeine Weise hatte der Chef doch erfahren, wie die Entschuldigung ausgefallen war. Nicht etwa von dem betroffenen Soldaten, nein, der hatte nicht genug Wissen über seine Rechte und war auch sonst nicht der Hellste, aber ein Feldwebel hat das wohl gemeldet und so schritt der KpChef ein. Es gab eine deftige Disziplinarmaßnahme, aber kein Gerichtsverfahren. Klawuttke focht das nicht an, für ihn war nur wichtig, dass er im Gespräch war und den Clown spielte.

Der Übergabeappell
- Schatten der Vergangenheit

Unser Soldat war am Ende seiner Dienstzeit angelangt und stand nur wenige Jahre vor seiner wohlverdienten Pension. Er hatte nicht nur in der Bundeswehr gedient. Als sehr junger Mann war er auch Soldat in der Wehrmacht gewesen. Heute war er Hauptmann (FD) und Truppenfachlehrer an der Fernmeldeschule des Heeres in Feldafing am Starnberger See. Fernmeldafing, wie es auch oft genannt wurde, war schon immer ein Sammelbecken für erfahrene Offiziere und Unteroffiziere für Ausbildung und Lehre gewesen. So hatte auch unser Soldat den Weg hierher gefunden. Hier sollte er die letzten Dienstjahre ohne die Hektik eines normalen Verbandes erleiden zu müssen, seine wertvollen Kenntnisse an die jungen Soldaten weitergeben. Seine Spezialkenntnisse wurden in der Fernmelde- und Elo- Aufklärung gebraucht. Er war hochqualifiziert und doch väterlich zu seinen Schülern. Man nannte ihn auch Papa Schiller, wenngleich das nicht sein richtiger Name war. Die alten Kameraden werden trotzdem wissen, wen ich hier meine.

Wie es so üblich ist, gibt es einen Übergabeappell, wenn ein Kommandeur neu in sein Amt eingeführt wird. So geschah es auch 1976 an der Fernmeldeschule, als dort ein neuer Schulkommandeur eingeführt wurde. Großes Antreten auf dem Sportplatz. Die Inspektionschefs hatten ihre Männer geordnet und man wartete auf die Gäste und den Lehrgruppenkommandeur, der die Leitung haben würde, um die angetretene Schule dem General der Fernmeldeschule zur Übergabe zu melden. Es war wohl bis zum Schluss zwischen den Herren nicht zu einer Einigung gekommen, so dass der Kommandeur der Lehrgruppe A, ein Oberst im Generalstab (i.G.), vor die Front trat und die Soldaten zwecks Ausrichten stillstehen ließ. Es trat der Kommandeur der Lehrgruppe B zu ihm, ein Oberst Truppendienst, aber Lebens- und Dienstaltersmäßig älter, und begehrte die Durchführung der Übergabe. Es gab einen Disput vor der Front zwischen diesen beiden Herren. Der ältere Oberst schien sich durchgesetzt zu haben, jedenfalls trat der Oberst i.G. bei seiner Lehrgruppe ein. Es folgten in längeren Abständen Kommandos wie „In den Knien - rührt euch!", „Stillgestanden!" und wieder „Rührt euch!", weil die Generalität nicht erschien. Die beiden Obersten diskutierten auch noch ob man die Aufstellung nicht noch einmal nach hinten wegtreten lassen sollte, verwarf dies aber, da ein neues Antreten sicher zu lange gedauert hätte. Dies alles brachte erhebliche Unruhe und Missstimmung.   Jetzt wurde ein Teil der Soldaten auch noch gewahr, dass dieser alte Oberst seinen Stahlhelm verkehrt herum aufgesetzt hatte. Die Rundung der Wasserablaufleiste, die normal den Nacken schützte, zeigte nach vorne und der markante Teil des Helmes, der die Heldengesichter vor zu viel Sonne bewahren sollte, zeigte nach hinten. Insgesamt konnte man meinen, dass ein „Schwietzer" Oberst vor der Front stand. Aus allen Bereichen kamen hilfreiche Zeichen von den Chefs und Kommandeuren aus der Front. Er merkte es nicht, zuckte nur mit der Schulter. Unser Kommandeur Lehrgruppe A trat ohne Kommando aus und schritt zu ihm. Kurzes Getuschel, Griff an den Helm. Kopfschütteln und der Helm blieb weiter verkehrt auf dem markanten Kopf sitzen. Der jüngere Oberst trat wieder in die Front und jetzt passierte es. Aus der dritten Reihe der Lehrgruppe B, dort wo die Truppenfachlehrer standen kam ein Helm mitten auf den Antreteplatz geflogen und eine sonore Stimme verkündete: „So was hätten sie zu meinen Zeiten in der Wehrmacht standrechtlich erschossen!" Ein entnervter Hptm (FD) trat auf den Platz hinaus, hob seinen Helm auf und trat wieder in die Front ein. All dies geschah in Totenstille und im Angesicht der Gäste sowie aller verfügbarer Soldaten der Fernmeldeschule des Heeres.

Als der Hptm wieder eingetreten war, wurde klar, der so gescholtene Oberst der Lehrgruppe B würde nichts unternehmen. Das Getuschel war lang anhaltend und wurde auch von den wenigen anwesenden Gästen gehört.

Zum ersten Mal in meiner schon 15-jährigen Dienstzeit hatte ich einen solch derben Eklat erlebt. Dem Hptm ist meines Wissens kein Disziplinarverfahren eröffnet worden, aber alle beteiligten Soldaten hatten Gesprächsstoff für lange Monate.

Hier hatte ein Schatten der Vergangenheit in die Gegenwart gewirkt und seinen Finger in eine offene Wunde der Bundeswehr gelegt: Mangelnde Disziplin, mangelndes Soldatentum und mangelnde Korrektheit bei gleichzeitiger ausgeprägter

Selbstdarstellung und Eitelkeit der höheren Vorgesetzten.

Zum Schluss sei angemerkt, dass der Appell trotzdem sauber über die Bühne gegangen ist und keine Negativschlagzeile in der Presse warf einen Schatten auf die Fernmeldeschule.

Der Feldwebellehrgang
- Unrecht Gut gedeiht nicht gut

Der Feldwebellehrgang war bis in die 90er Jahre die Krönung für eine junge Unteroffizier-Karriere. Der bestandene Lehrgang eröffnete erstmals die Chance auch Berufssoldat zu werden. So war dieser Lehrgang heiß begehrt und musste sich durch gute Leistungen verdient werden. Voraussetzung für die Teilnahme am Feldwebellehrgang war unter anderem eine ordentliche Beurteilung und das Deutsche Sportabzeichen. In der Kompanie setzte sich, wie in jedem Monat, der Chef mit seinem KpFw zur Besprechung der personellen Situation und der erforderlichen Personalmaßnahmen zusammen. „Ich habe hier auf meiner Liste den StUffz Paulsine. Der soll nächstes Jahr auf den Feldwebellehrgang. Bitte überprüfen Sie die formalen Voraussetzungen. Die Beurteilung stimmt, aber der Zugführer soll mir in der nächsten Woche bei der Zugführerbesprechung melden, wie der derzeitige Leistungsstand ist." „Habe ich notiert, Herr Hauptmann. Der Oberleutnant Zehner ist aber immer gut vorbereitet und kann jederzeit berichten."
Der Dienst ging weiter und eine Woche später berichtete der Oberleutnant, dass der StUffz Paulsine weiter gute dienstliche Leistungen brächte und auch für die jüngeren Kameraden sei er ein Ansprechpartner, der gesucht würde. Der KpFw berichtete, dass von den formalen Voraussetzungen nur noch das Sportabzeichen fehlen würde. Da der Soldat aber bereits das Leistungsabzeichen in Bronze besitze, wäre da wohl alles klar. Anlässlich

eines Kp-Grillens fragte der Chef den Unteroffizier ob er auch fleißig trainieren würde. Dies bejahte der Soldat mit einem jungenhaften Lächeln, so dass der Chef keinen Zweifel hatte. Dennoch schob er noch den Satz nach, dass er ohne Sportabzeichen nicht zum Lehrgang gehen könne. „Verlassen Sie sich auf mich, Herr Hauptmann, da brennt nichts an." Im Frühjahr fragte der Chef nochmals in der Zugführerbesprechung nach, ob der StUffz denn nun das Sportabzeichen abgelegt habe und ihm wurde geantwortet, dass er noch nicht alle Leistungen erbracht habe. Der Chef mahnte den Zugführer und den KpFw, den Soldaten weiter anzuhalten das Sportabzeichen rechtzeitig abzulegen. Bis zum Tag der Abreise hatte der Chef andere Dinge im Kopf, aber als ihm die Personalakte Paulsine zur Unterschrift vorgelegt wurde, erinnerte er sich an das bisher fehlende Sportabzeichen des Soldaten. „Herr HptFw, hat Paulsine denn nun das Sportabzeichen abgelegt?" „Ich schaue sofort nach, Herr Hauptmann. - Nein, Herr Hauptmann, mir liegt nichts vor." „Schicken Sie den Soldaten und den Zugführer zu mir. Wenn die Herren hier sind, kommen Sie mit herein." Damit war kurz Ruhe.

„OLt Zehner meldet sich mit KpFw und StUffz Paulsine wie befohlen:" „Danke, Herr Oberleutnant, bitte rühren Sie. Herr Stabsunteroffizier, haben Sie das Sportabzeichen abgelegt?" „Nein, da fehlt mir noch das Schwimmen und der 5000m Lauf. Das hole ich dann in Feldafing auf dem Lehrgang nach." Der Chef schaute auf die Uhr und befahl dann: "OLt Zehner, Sie gehen mit StUffz Paulsine auf den

Sportplatz und nehmen die 5000m ab, anschließend nehmen Sie sich ein Dienstfahrzeug und fahren in das örtliche Schwimmbad und nehmen die 200m ab. Beeilen Sie sich, der Zug des Soldaten geht um 10:48h." Die Herren traten ab und meldeten sich gegen 09:00h bereits zurück.

„Und, Herr Oberleutnant, alles abgenommen?" „Nein, Herr Hptm, StUffz Paulsine brach den 5000m Lauf nach 2 Runden ab und hustete erst einmal drei Schachteln HB auf die Bahn und im Schwimmbad mussten wir ihn nach 70m aus dem Wasser ziehen, weil er sonst ertrunken wäre." „Was sagen Sie dazu, Herr Stabsunteroffizier?" „Ja, das stimmt schon, aber ich hatte eine schwere Abschiedsparty und bin heute nicht so fit, das schaffe ich schon am Lehrgangsort." „Sie können aber gar nicht schwimmen, wie mir der Oberleutnant gerade berichtete. Da kann ich Sie nicht losschicken. Ich zahle dem Bund nicht die Reisekosten, weil Sie es nicht geschafft haben innerhalb eines Jahres das Sportabzeichen zu machen. In den Lehrgangs-voraussetzungen steht klar, dass der Lehrgangsteilnehmer das Sportabzeichen abgelegt haben muss. Herr Hauptfeldwebel, der StUffz Paulsine fährt nicht zum Feldwebellehrgang, ich melde ihn beim S1 des Btl und an der Fernmeldeschule ab. Abtreten." Es folgte ein Aufschrei und es wurde sehr lebendig im Dienstzimmer des Chefs. Der StUffz versuchte sich auf den Chef zu werfen und ihn zu schlagen, aber KpFw und Zugführer waren schnell genug, das zu verhindern. Als alles wieder ruhig war, sagte der Chef nur: „Ich nehme den Angriff auf mich als ihrem

Vorgesetzten nicht zur Kenntnis und schreibe den Ausraster ihrer Enttäuschung über den versauten Lehrgang zugute. Dass es dazu gekommen ist, ist ja ihre eigene Schuld, und jetzt raus."

Der Chef dachte am Abend über das Ereignis noch ein wenig nach und machte eine Entdeckung, die in der Aufregung untergegangen war. Wenn der StUffz nicht schwimmen konnte, wie hatte er das Leistungsabzeichen erworben? Dem wollte er am nächsten Tag nachgehen.

„Spieß, geben Sie mir doch noch einmal die Personalakte vom StUffz Paulsine." Er blätterte die Akte durch und hatte nach kurzer Zeit die Verleihungsurkunde für das Leistungsabzeichen gefunden. Da stand es schwarz auf weiß. 200m Schwimmen in 5:48min. Unterschrift unter der Verleihungsurkunde lautete: Schauer, Hptm. Das war der KpChef der Nachbarkompanie. Egal, er kam zu dem Entschluss, dass dem StUffz das Leistungsabzeichen aberkannt werden müsse, da dieser wohl nur mit Täuschung und wegen mangelnder Aufmerksamkeit, wenn nicht Betrug das Abzeichen erreicht hatte. Er informierte den Co-Chef über den bevorstehenden Schritt und schrieb den Antrag an das Btl. Eine Woche später wurde dem StUffz kommentarlos das Leistungsabzeichen wieder entzogen.

So sieht man, dass Betrug meist auffällt, wenn auch nicht immer sofort.

Abkürzungen

NATO	North Atlantic Treaty Organisation (Nordatlantisches Verteidigungs-bündnis)
Bw	Bundeswehr
FmSFHEloT	Fernmeldeschule des Heeres und Fachhochschule Elektrotechnik
StOV	Standortverwaltung
Btl	Bataillon
FmBtl	Fernmeldebataillon
PzArtBtl	Panzer-Artillerie-Bataillon
AusbKp	Ausbildungskompanie
Elo	Elektronisch/-e / Radar-
EloKa	Elektronische Kampfführung
FD	Fachdienst
STAN	Stellen- und Ausrüstungsnachweis
Kdr	Kommandeur
KpChef	Kompanie Chef
InChef	Inspektionschef
S1	Sachgebietsleiter 1 (Personaloffizier)
KpFw	Kompaniefeldwebel (offiziell)
Spieß	Kompaniefeldwebel (Umgangssprachlich)
ZgFhr	Zugführer
UAL	Unteroffizieranwärterlehrgang
UvD	Unteroffizier vom Dienst
GvD	Gefreiter vom Dienst
OTL	Oberstleutnant
Maj	Major
Hptm	Hauptmann
OLt	Oberleutnant
Lt	Leutnant

OStFw	Oberstabsfeldwebel
StFw	Stabsfeldwebel
HptFw	Hauptfeldwebel
OFw	Oberfeldwebel
Fw	Feldwebel
StUffz	Stabsunteroffizier
Uffz	Unteroffizier
UA	Unteroffizieranwärter
StGefr	Stabsgefreiter
HGefr	Hauptgefreiter
OGefr	Obergefreiter
Gefr	Gefreiter
Spezi	Spezialgrundausbildung
Inst-KFz	Instandsetzungskraftfahrzeug
KFz	Kraftfahrzeug
KpGeb	Kompaniegebäude
MG	Maschinengewehr
Rotarsch	Junger Soldat, der gerade aus der Grundausbildung heraus ist. (Sein Hintern war noch rot vom Sitzen auf der Bank des Kfz, das ihn in die neue Einheit gefahren hat.)